もうハーヴィーに何をされても、気持ちよさを拾ってしまうのではないだろうか。
そんなことを思っていると、彼は首筋に唇を寄せて啄んできた。
「……んっ」
くすぐったさに肩を竦めていると、また違うところを啄まれる。

“氷の侯爵”と政略結婚したはずなのに、旦那様の愛が熱過ぎます!

ちろりん

Vanilla文庫

氷の侯爵と政略結婚したはずなのに、旦那様の愛が熱過ぎます！

目　次

イラスト／ことね壱花

第一章

「……困ったわね」

レクシーは目の前に並べられたメモを眺めながら、悩ましい溜息《ためいき》を吐いた。

ひとつ手に取り、眉根を寄せる。

『ガブリエラ様がお持ちの本をすべて読み終わり、もう少し難しい本をご希望のようです』

これは、弟のガブリエラ付きの使用人からの伝言だ。

『今年は春の寒の戻りのせいで葡萄《ぶどう》が不作の模様。減税策を取るべきかと』

こちらは、領地で領主代理をしてくれている家令からの手紙。

『ジャレッド様が明日やってくるとの先触れが届いています』

こっちは見たくもない、面倒くさい知らせ。

どれもこれもレクシーにとって頭を悩ませる問題であり、また解決すべき問題でもあった。

この手のメモは毎日やってくる。

やるべきことが多くて頭の中で整理できず、忘れがちになってしまうので、使用人にはメモに書いて用件を残すようにとお願いしていた。

おかげでひとつひとつ用件を忘れずに捌《さば》くことができるようになったが、同時に置かれるメモの多さに頭を悩ませる日々を送っている。

こういうとき、両親のありがたみをよく痛感している。

それと、そんな両親の苦労も知らずに能天気に生きていた自分の愚かさも。

二年前、両親が立て続けに亡くなった。

大きな流行病《はやりやまい》で、国中の人間が亡くなってしまったが、レクシーの両親も看護の甲斐《かい》なくその中に名を連ねる形になってしまったのだ。

それからというもの、今年十一歳になる弟のガブリエラの成長を見守り、このペンフォード伯爵家を存続させるべく奮闘《ふんとう》している。

ところが、マナーや文学、ダンスや刺繍《ししゅう》など、いわゆる淑女教育しか受けてこなかったレクシーにとっては、領地運営はまるで畑違い。

今は父の手伝いをしてくれていた家令が領主代理としてやってくれているが、それでもまったく関わらないということはできなかった。

伯父が手伝うと申し出てくれていたのだが、彼もまた体調を崩して一線から退いている。

家政に関しても、本格的な勉強をする前にポンと丸投げされる形になってしまったので、右往左往状態だ。

何より真剣に考えなければならないのは、将来ペンフォード伯爵を継ぐガブリエラの教育だ。よき貴族にするために、しっかりと育て上げなければならない。

本来なら家庭教師をつけて、より多くの学びを得られる環境を整えるべきなのだろうが、それがなかなか難しい。

もともと裕福とは言い難い我が家ではあったが、流行病の影響はいろんなところに及んでいた。

領民たちの生活の立て直しのために税を軽くし、援助も積極的に行った。

おかげであっという間に財政難だ。

父が雇っていた家庭教師は代金を払えなくなると早々に辞めていき、再度雇い入れるようなお金もない。しかも、他の家庭教師は高くて手が出せなかった。

ガブリエラには申し訳ないが、基本的にレクシーが教え、あとは家にある本で勉強してもらっている。

頭のいい子なので、そろそろレクシーが教えられるものに限界を感じているし、彼自身ももっと高等な教育を求めているだろう。

それでも、ガブリエラが直接レクシーに訴えてくることなく十分だと気丈な振りをするのは、我が家の状況を理解しているからだ。

代わりに使用人が、こうやって彼が望んでいるものを教えてくれている。

領地運営に関してはまだまだ勉強中で、家令任せになっている部分も多い。

早くガブリエラが大人になって、爵位を受け継いでくれれば安泰なのだが残念ながら時は早められない。

できることなら、幼いガブリエラのために後見人をつけておきたいところなのだが……。

「ねぇ、ジャレッドは何時頃に来るって言っていたの？」

メモを残してくれた使用人に聞くと、彼女は掃除をする手を止めてこちらを振り返った。

「お昼過ぎにやってくるとおっしゃっておりました」

「そう。なら、彼がやってくる前に、ガブリエラを町に連れ出してもらえるかしら。そうね……図書館だと喜ぶと思うわ」

「かしこまりました」

これで明日は、ガブリエラにジャレッドとのやり取りを聞かれることはないだろう。

よろしくお願いね、と言ってまた自室へ戻っていった。

三つ目のメモ。

それは、ガブリエラの教育以上にレクシーの頭を悩ませている問題だった。

ジャレッドは、父の姉の息子だ。

ただ親族が訪ねてくるのであれば、わざわざガブリエラを屋敷から出すような真似《まね》はしない。だが、ジャレッドの場合は下卑た目的があっての訪問だった。

（……さて、今回はどうやって追い返そうかしら）

そろそろ追い返すネタも尽きてくる。

もっと言えば、ジャレッドの方も焦《じ》れてきているのだろう。最近は語気を強くしてレクシーに迫ってくる場面が多くなった。

——こんなとき、誰か側にいてくれたのなら。

レクシーの心を侘《わび》しさが攫《さら》う。

それでも、ガブリエラを立派に育てるという姉としての義務を果たすために、今は地に足をつけて踏ん張るしかなかった。

「やぁ、レクシー。元気にしていたかい？　おや？　今日もガブリエラはいないのか。せっかく事前に知らせているというのに、気が利かない子だね」

次の日、悠然とした足取りでやってきたジャレッドは、我が物顔で屋敷の中に入ってきた。

リビングのソファーの上に座り、この屋敷の主人のように勝手に使用人にお茶を出すように命じている。

　ガブリエラが留守にしていることに文句を言い、そのあと使用人がお茶を出すのに手間取っていたら「教育がなっていないんじゃないかい？」とチクチク嫌味《いやみ》を言う。

　ジャレッドという男は、言葉使いや所作は紳士然としていて丁寧だが、性格が悪い。逐一嫌味を混ぜ込んでしか会話をできない性分らしく、話をしていると神経を逆撫《さかな》でされる。

　さらに言えば、レクシーやガブリエラを見下して小馬鹿にした言動が多く、いくら従兄《いとこ》といえども、好感を持てるような相手ではなかった。

「さて、今日こそは君に頷《うなず》いてもらおうと思ってやってきたんだ。そろそろ分かっただろう？　君ひとりでペンフォード家を切り盛りしていくことは難しいと」

　ジャレッドは余計な話は必要ないとばかりに、さっそく本題を切り出してきた。

　しかも、レクシーが観念して頷くことを前提に話を進めようとしている。

　こういうところが嫌いなのだと心の中で吐き捨てながら、レクシーは毅然《きぜん》とした態度でそれに答えた。

「何度来られても返事は同じよ、ジャレッド。私は貴方《あなた》と結婚はしないわ。絶対にね」

　冗談じゃないと悪態を吐くのを我慢しながら、たおやかに微笑《ほほえ》む。

　ジャレッドのこめかみがピクリと震えたのが分かった。

　ペンフォード家は父が亡きあと、当主の席が空席になっている。

　そこで、ガブリエラが成人し爵位を継ぐまでの間、レクシーがその代理をし、爵位を守る役目を担っているのだが、ジャレッドはそこに目をつけていた。

彼はガブリエラのために自分と結婚すればいいと言うのだ。

そうすればふたりでガブリエラの成長と教育を見守り支えていけるし、領地経営も二人三脚でやっていけるだろうと。

焦って変な男に捕まるよりは、親族で気心知れたジャレッドの方がきっと結婚生活も上手《うま》くいくに違いない。

彼はまるで、真摯にこちらのことを考えているのだという顔で申し出てきた。

一見いい話に思えるが、従兄であるが故に、レクシーはジャレッドがどれほど捻《ね》じ曲《ま》がった性格をしているか知っている。

結婚を申し出てきた本来の目的は、おそらくペンフォード家の財産。

レクシーの夫となり、ガブリエラの後見人になった上で財産の管理をし、その立場を利用して私的に使うつもりなのだろう。

ジャレッドの身なりは整っているし、着ている服も持っているものも上等なものばかりだが、実は相当なギャンブル狂だと聞いている。

金が手元に転がり込めば、使わないわけがなかった。ガブリエラが爵位を継ぐ頃には、財産は喰《く》い尽くされてしまうに違いない。

我が家には貴方が思うほどの財産は残っていないと言っても、まったく耳を貸さなかった。

それどころか、領民からいくらでも吸い取れるだろうと言う始末だ。

加えて、普段からこちらを見下すような言動をしている彼が、ガブリエラを大切にしてくれるとは到底思えなかった。

「本当に蒙昧《もうまい》だね。女性の君が領地を抱え、ガブリエラの教育をして家も切り盛りしていくなど無理な話だろう。誰かの手を借りなければ」

「たしかに私の手に余るわ。それは素直に認める。けれども、頼る相手は私が決めます」

「だから、私はどうかと言っている」

「だから、私はジャレッド以外の人を見つけると言っているの」

何度このやり取りをしただろう。

夫にするならジャレッド以外がいい。自分で見つけるから、口出ししないでくれ。

そう訴えても、彼はまったく意に介さずにこうやってレクシーを訪れては結婚を迫ってくる。

というのも、何だかんだ言いながらも、レクシーが結婚相手を見つけられていないからだ。

どうせ見つからないと高を括《くく》っている。

つまりは、ジャレッドがつけ入るような隙をレクシー自身がつくっている状態だ。

きっと、結婚相手が見つからない限りは諦めてはくれない。

「噂《うわさ》は聞いているよ。君、足繁く夜会に通っては結婚相手を探しているようだけれど、誰も相手にしてくれないそうじゃないか。本当に見つかるのかい？　君の言う『私以外の人』が」

見つからないんだろう？

ジャレッドが嘲笑《あざわら》っているように思えた。

レクシーはドレスのスカートをギュッと握り締める。

本当のことだから反論のしようもない。

レクシーは夜会に出ても、いつも壁の花だった。

「君、人気ないんだよ。まぁ、私は悪くないと思うけれどね」

「……そ、そんなことは」

ない、とはっきりと言えないほどにレクシーは自信を喪失していた。

本当に見事に男性たちに無視されるのだ。声をかけようとしても言葉巧みに躱《かわ》され、中には近づくだけで逃げていく人もいた。

ダンスの相手も見つからず、話し相手すらも見つからない。

自分のどこがそんなにいけないのか分からず、見栄えを良くしようと研究した。

黒に近いブルネットの髪の毛が地味に見えないように結い上げ、髪飾りをつけてみたり、気弱そうな顔がいけないのかと、きつめの美人風の化粧に挑戦してみたりと、使用人のアドバイスも受けて自分なりに努力してみた。

だが、その結果が一向に表れない。

泣きたくなるほどに、男性に人気がなかったのだ。

「私くらいなものだろう？　君に結婚を申し込むような奇特な紳士は。きっと、私を逃せば君は一生結婚できないだろうね。それこそ貴族子女にとっては悲劇だ」

ジャレッドの言葉がグサグサと胸に突き刺さる。気を抜けば泣いてしまいそうだった。

「……そ、それでも、見つけるから。貴方以外の人を」

負け惜しみを言っているように聞こえたのだろう。ジャレッドは小馬鹿にしたような顔をしている
レクシー自身も負け惜しみを言っているようにしか思えない。

このまま意地を張り続けてジャレッドを拒絶するべきなのか、自信がなくなってきていた。

早くガブリエラに高等な教育を受けさせたいという焦りと、手いっぱいになっている領地経営を誰かに助けてほしいという思いと。

それらが、レクシーの判断を鈍らせようとしていた。

「……レクシー、そろそろいいだろう？　その重荷を私がすべて背負ってあげるよ」

こちらが気弱になったのが分かったのだろう。ジャレッドは人のいい顔をして、目の前に座るレクシーの手に己の手を伸ばした。

「私に任せれば、すべて上手くいく」

そんなことない。

強気になって彼の手を突っぱねたいのに、日々不安で押し潰されそうになっているこの心は強気に出られない。

ジャレッドの手が近づいてくる。

それを見ながら、レクシーは唇を噛《か》み締《し》めた。

「――し、失礼いたしますっ」

手が触れる直前、使用人のひとりがノックと同時に声をかけてきてハッと我に返る。

ジャレッドも突然の横槍《よこやり》に、チッと舌打ちをして手を引っ込めていった。

これ幸いと使用人の入室を許可すると、彼女はとても慌てた様子で部屋の中に入ってくる。

「お話中、申し訳ございません。実はお客様がいらしておりまして」

客？　と首を傾《かし》げた。

今日はジャレッド以外来客の予定はなかったはずだ。先触れもなく突然やってくるなんてよほど急用なのだろう。

これを理由にジャレッドを追い払えると、通すようにと伝えようとした。

「待たせておきなさい。私との話の方が大事だろう」

もうこの屋敷の主人のつもりなのか、ジャレッドは勝手に使用人に命令してきた。

冗談じゃないとレクシーは慌てて首を横に振る。

「いいえ、こちらに通してちょうだい。ジャレッド、貴方はもう帰って。何度話し合っても私の答えは同じよ」

「君の結婚以上に今大事な話があるものか。いいから、まずは私との話にケリをつけてからだ」

今日は何が何でも決着をつけたいらしい。

ジャレッドは強引に自分を優先させようとしていた。

ところが、それを聞いていた使用人が恐る恐るあることを告げてくる。

まさに青天《せいてん》の霹靂《へきれき》とも言える、思ってもいなかった客の名前だった。

「……その、お客様というのが、ワディンガム侯爵様でして」

「…………わ、ワディンガム……侯爵……？」

レクシーは思わず息を呑《の》む。まさかこの屋敷の中でその名前を聞くことになろうとは思ってもいなかったのだ。

さすがのジャレッドも事の重大さに気付き、椅子から立ち上がる。

彼ごときが後回しにできるようなお客ではなかった。

――けれども、どうしてワディンガム侯爵が。

（私、接近禁止を受けているのだけれど……どうしたら……）

レクシーは思い悩む。

だが、いつまでも玄関先に待たせていいお客様でもない。

何をしに我が家にやってきたのかは分からないが、とりあえず来たからにはおもてなしをしなければ。

「今すぐお通しして。それとお茶の用意を」

「――必要ない」

慌てるレクシーに低く冷ややかな声が投げかけられる。

ハッとして使用人の後ろを仰ぎ見れば、ワディンガム侯爵その人が立っていた。

「こ、侯爵様！」

驚きのあまりに声を上げたレクシーだったが、すぐにお辞儀をする。

使用人も道を空けるように横に除《よ》けて頭を下げると、彼はそのまま部屋の中に入ってきた。

「勝手に入ってすまない。だが、待たされるのはあまり好かない性分でな」

「い、いいえ！　こちらこそ、お待たせしまして申し訳ございませんでした」

レクシーは再度深々と頭を下げながら、泣きそうになった。

（さっそく失礼を働いてしまった）

――ハーヴィー・ワディンガム。

別名・社交界の永久凍土の薔薇。

その美貌と地位の高さから耳目を集めやすい人ではあるが、それだけが異名がつけられるほどに彼を有名にしたわけではない。

永久凍土とあるように、ハーヴィーは誰に対しても冷徹で愛想がない。

笑顔ひとつ零《こぼ》さず、眉尻を下げることも口端を持ち上げることもない。

まさに顔が永久に溶けない氷に覆われたかのように硬く、そして冷たいことからその異名が名付けられた。

永久凍土というのは決して崩れない表情の比喩でもあるが、誰も彼の氷を溶かすことができず、薔薇のような笑みには二度と会えないと言われているからだ。

というのも、ハーヴィーは幼少期はよく笑っていた。薔薇が咲きこぼれるような笑みを皆に振りまき、老若男女問わず人気者だった過去を持つ。

だが、ある日を境に一切笑みを見せなくなったのだ。

薔薇とつけられたことから分かるように、ハーヴィーの見目麗しさはこの国随一だった。

月の光を練り込んだかのような美しいプラチナブロンドと、ヘーゼルの瞳。茶色の緑のグラデーションが美しいその瞳は、冷然として見える。

鼻梁《びりょう》が高くスッと真《ま》っ直《す》ぐに筋が通った鼻、下唇が少し厚めの口も彼の美しさを際立たせていた。

左右対称の美というのはこういうものだと見せつけられているかのような、整った相貌。

さらに、均整のとれた身体は顔の美しさに引けを取らない。

レクシーより頭ふたつ分高いその背は他人を睥睨《へいげい》しているように見せ、腰から伸びた脚の長さに皆圧倒される。

色素が薄いが故に儚《はかな》さを感じさせるが、それでも彼の存在感が皆に鮮烈に刻み込まれるのは冷徹な視線と言葉のせいだろう。

美しさが冷たさに拍車をかけていると言ってもいい。

そんな社交界の人気者がレクシーの家にやってきたことにも驚きだが、何よりもレクシーはこのハーヴィーに近づいてはいけないと父からきつく言い渡されていた。

それは彼も知っているはずだ。

彼の父が、自分の息子に近づけさせないようにと命じてきたのだから。

だから分からない。

ハーヴィーがいったい何をしに来たのか。

「あ、あの、侯爵様。こちらにどうぞお座りください」

何にせよ、お客様を立たせたままにはしておけないと、ハーヴィーをカウチへと案内しようとした。

「……彼は？」

ところが、部屋の真ん中に佇《たたず》むジャレッドが気になるのか、ハーヴィーはそちらに目を向けて聞いてきた。

ジャレッドも睨《にら》まれて、ぎくりと身体を竦《すく》ませている。さすがの彼も、ハーヴィーの眼《め》光の鋭さに恐《おそ》れ戦《おのの》いているようだ。

「あの、彼は私の従兄でして。もう話は終わったので帰るところです」

「そんな勝手に……！」

レクシーの言葉にジャレッドが言い返すも、ハーヴィーがまた睨《にら》み付けてくれたおかげで口を噤《つぐ》む。

これ以上ハーヴィーの前で失礼な姿を見せないでほしいと、レクシーはハラハラしていた。すでに嫌われているのにさらに好感度を下げたくはない。

ジャレッドは自分が場違いだと悟ったのか、ハーヴィーに頭を下げて帰ろうとしていた。

だが、このまますごすごと引き下がるのも悔しかったのだろう。

「次こそは必ず頷いてもらうから、そのつもりで」

レクシーに念を押すように言い、きつく睨み付けていく。

また同じ問答を繰り返さなければならないのかとうんざりしながら、去り行くジャレッドの背中を見送っていた。

ところが。

「いや、次とは言わず、今日この場で話の決着をつけるといい。揉《も》めているのなら私が仲裁役をしよう」

ハーヴィーがジャレッドを呼び止めてしまったのだ。

しかも、結婚するしないの話を彼の目の前で解決しろと言う。

とんでもないと、レクシーは断ろうとした。ハーヴィーに我が家の金がらみの騒動など聞かせるわけにはいかない。

「君たちはどんなことで揉めている。話してみろ」

だが、ハーヴィーはそう言ってカウチに腰を下ろしてしまった。腰を据えて話を聞こうということなのか。

どうしたものかと思い悩みながら、とりあえず目の前の椅子に腰を下ろす。

ありのままを話すわけにもいかず、当たり障りのない程度に話をしようと口を開いた。

「……実は、私の結婚のことで少し話し合いをしておりまして。彼……ジャレッドが、父亡きあとで大変な我が家を慮《おもんぱか》り、自分が結婚しようかと申し出てきてくれたのです」

随分と婉曲《えんきょく》な表現にしてしまったので、まるでジャレッドがいい人かのように聞こえるだろう。けれども、さすがに財産目当てで結婚を迫られているとは言えなかった。

そもそも、ずっと会うことを禁止されていた相手に対し、悩み相談のようなことができるはずがない。

この状況がどう考えてもおかしい。

「それで、レクシー嬢、君の返事は？」

「お断りしています」

「だ、そうだ。君の出番はないようだな、従兄殿。彼女の気持ちは変わらないだろうから、諦めた方がいい」

さらにおかしな状況になっていく。

仲裁役になるとは言っていたが、まさかレクシーの意見だけを聞いてばっさりジャレッドを切るとは。

たしかにジャレッドには諦めてほしいと思っていたが、ハーヴィーが味方をしてくれるとは思ってもいない。

ジャレッドどころかレクシーも驚き、戸惑っていた。

「これで彼との話はおしまいだな。では、次は私の話だ」

展開が目まぐるしい。

ハーヴィーは当人たちを置き去りにして話をどんどん進めていく。

どうしても自分の話をしたいのか、それともせっかちな性質なのか。

君はもうお払い箱だと言わんばかりに、ジャレッドを追い払おうとしていた。

「それで、今日突然君に会いに来たのは」

「……は、はい」

まだジャレッドがそこにいるというのに自分の用件を話し始めたハーヴィーに、レクシーもどうにかこうにか応えていた。

永久凍土の薔薇と呼ばれるこの人は、随分と強引な性格のようだ。

「君に結婚を申し込むためだ」

「……はぁ、そうです、……か？　——………ん？　け、結婚？」

あまりにもさらりと話すので一瞬聞き逃しそうになったが、今「結婚を申し込む」と言っていただろうか。

——いや、まさか、そんなはずはない。

レクシーはきっと空耳か自分の勘違いだろうと思い直した。

長年接近禁止命令を受けていた相手に、求婚をするはずがないと。

「そうだ、結婚だ。私は、君と結婚したいと思っている」

だが、ハーヴィーは再度求婚をしてきた。今度こそ間違いなく、彼はレクシーに結婚をしたいと言ってきているのだ。

「ちょっと待ってくれ！　その話の流れはおかしいだろう！」

「ど、どうして!?」

レクシーの叫びとジャレッドの叫びは同時だった。

一方はどうして自分なんかに求婚を？　と驚き、一方は人の求婚を勝手に断ってしまったくせに、自分が横槍で求婚するなんてどういうことかと驚いている。

ただひとり、ハーヴィーだけが泰然とそこに座り、表情ひとつ変えずにいた。

「理由はいくつかある。ひとつは、ペンフォード領で製造しているワインが欲しい。ペンフォードの葡萄は他の追随を許さないほどに質が良く、人気が高い」

現状、ペンフォードのワインは国内でしか販売しておらず、加えて市場のほとんどが他の貴族が握っているために販路を広げられずにいた。

それを、ハーヴィーが領主を務めるワディンガム領で買い取り、海外に向けて出荷すれば両家とも利益を得られるという話だった。

ぜひペンフォード家と懇意にしたい理由はそこにあるのだと。

「これは我がワディンガム家の利益を考えたものだが、もちろんその見返りにこちらからは葡萄生産・ワイン製造の資金を提供しよう」

今年は不作であることをすでに調べていたようで、領地経営も苦しくなるだろう、その手助けもできると言ってきた。

「あとは、そうだな。君の弟君のガブリエラの後見人にもなってやれる。あの従兄の男よりも身元は確かだと思うが？」

それはそうだろう。

かたや侯爵、かたや伯爵家の縁続きというだけで爵位も何もない男。比べるまでもない。

「君にとって何も損はしない、むしろ得しかない話だと思うが、どうだろうか」

たしかに得しかない。むしろ畏れ多い話だ。

ジャレッドと結婚するよりは遥《はる》かに好条件ではあるし、これ以上ないくらいの申し出でもあった。これで断ったら愚か者だ。

けれどもどうしても解《げ》せない。

いくらペンフォードのワインが欲しいからといって、わざわざ結婚することはない。ただ協定を結べばいいだけのこと。

それなのに結婚という道を選んだのは、他に何か理由があるのではないか。そう邪推してしまって素直に受け取ることができなかった。

「……あの侯爵様。ご存じだとは思いますが、私は父と前侯爵様に貴方と会うこと自体を禁じられておりまして。ましてや結婚など、許されるはずが……」

「あれは父の勝手な意向だ。今はもう私の父も君の父も亡くなり、その約束は守る必要のないものになったはず。私は私の意志で君に求婚している」

キリっと鋭い目で睨み付けられ、レクシーは肩を竦ませる。

「君はただ考えるだけでいい。私とあの男と、どちらと結婚したら自分の利益になるのか、この家の得になるのか」

余計なことを考えず、ペンフォード家のためを思って決断しろ。

ハーヴィーは現実的な決断をレクシーに迫ってきていた。

それを言われてしまうと、もう頷くしかなくなってしまう。

侯爵の、しかもこの国有数の名家であるワディンガム家の当主の申し出を、いち伯爵令嬢が断るなどあり得ない。

ハーヴィーに恥をかかせることになるし、レクシーも身の程知らずと後ろ指を指されることになる。

考えるまでもなく、ハーヴィーの求婚を受け入れるべきなのだろう。

互いの家の利益を求めた、いわば政略結婚。

貴族令嬢の宿命だ。

「……分かりました」

「レクシー！」

恐る恐る頷きながら返事をするレクシーに、ジャレッドが顔色を変えて叫び声を上げてきた。本当にハーヴィーを選ぶつもりなのかと言いたいのだろう。

けれども、彼も分かっているはずだ。自分なんかがハーヴィーに敵《かな》うはずがないと。同じ舞台にすら立てないことを。

愛がない結婚になるだろう。同じ屋敷に住んでも形だけの夫婦で、顔を合わせない生活になるかもしれない。

レクシーにあの永久凍土の顔を崩せる自信もない。

これはガブリエラのため。そしてペンフォード家のためだ。

（ジャレッドと結婚して家を潰されるくらいなら、愛はなくともガブリエラにとって環境が整うハーヴィー様との結婚を選ぶ）

「侯爵様、結婚の申し出をお受けいたします」

「それはよかった」

「さしあたって、結婚後の生活について私からも要望がありますので、その話し合いをしていきましょう」

「もちろんだ」

こうなったら、とことんまでこの奇妙な流れに乗っていくしかない。

「両家にとって最良の縁組にしましょうね」

ハーヴィーと結婚することで、今まで抱えていた問題をすべて一掃できるのだ、これ以上ありがたい話はない。

疑問や不安はあるものの、今はもうそれらすべてを投げ打って、最良だと思える道を突き進んでいくしかなかった。

ハーヴィーが無表情のままスッと手を差し出し、握手を求めてくる。

レクシーは満面の笑みを顔に貼り付けて、その手を取った。

あれほど結婚相手が見つからないと悩んでいたのが馬鹿らしくなるほどに、あっけなく結婚が決まって、いまだに頭のどこかでこれは夢だろうかと考えている自分がいる。

握手を熱く交わし合ったあと、ハーヴィーはジャレッドの方を振り向き、冷たい視線を送る。

「これで、本当に君の出番はなくなったな。これ以上ここに留《とど》まる理由はなくなっただろう。――帰るがいい」

少々当たりがきつい気もするが、そのおかげかジャレッドは今度こそ何も言わずに去っていった。

去り際の顔は酷《ひど》く悔しそうに歪《ゆが》んでいたが。

ハーヴィーの威光を借りるような形になってしまったが、ようやくジャレッドを諦めさせることができてホッと胸を撫で下ろした。

「彼はよくこの屋敷に来るのか？」

完全にジャレッドの姿が見えなくなったあとに、ハーヴィーが聞いてきた。

「はい。ここ最近は頻繁に……」

苦笑いを浮かべながら答えると、彼の眉間に薄っすらと皺《しわ》が寄る。

もしかして、ジャレッドの態度が不愉快だったのだろうかと心配になった。

「で、でも、侯爵様がああ言ってくださったおかげで諦めたと思いますので、もう来ないかと」

慌てて取り繕うが、それでは不十分だったのだろう。

ハーヴィーは、首を横に振った。

「いや、彼が君を好いて求婚してきたにせよ、それ以外の理由があるにせよ、あれは諦めたような顔ではなかった」

「ジャレッドは別に私を好いているわけでは……」

その誤解だけは解いておきたくて、レクシーは訂正する。

ジャレッドが自分を好いているなど考えただけでも怖気《おぞけ》が立つ。誤解でも誰かにそう思われるのは嫌だった。

念のためにハーヴィーに、彼は財産目当てで結婚しようとしていたと正直に話し、誤解を解く。

するど、さらに眉間の皺が深く刻み込まれた。

「ならば、君をこのままここに置いてはおけない。すぐにでも私の屋敷に来て一緒に暮らした方がいい。その方が安心だ」

「先ほど婚約したばかりで、もう一緒に暮らすのですか？　結婚式までまだ時間がありますでしょう？」

「いや、今すぐにでも結婚式を挙げるつもりだ」

だからすぐに一緒に暮らしても問題ないとハーヴィーは言うのだが、レクシーにとっては大問題だ。

婚約期間も設けずにすぐに結婚式を挙げるなど、普通なら考えられないこと。

何か訳アリなのでは？　と社交界で変な憶測を呼ぶだろう。

「待ってください、侯爵様。……今すぐですか？　そんなに急いで結婚をするのですか？」

「あぁ、そうだ。婚約期間を設ける必要はないだろう。互いに両親は亡く、当人たちだけの話合いで事足りる。もしも、結婚式を盛大にやりたいと言うのであれば最速で準備をさせるが、それでも生活の拠点を移した方がいい」

叶《かな》えられる願いは何でも叶えよう。

けれども、まずはハーヴィーの屋敷に越してきてからの話だと譲らなかった。

おそらく、表情にはまったく表れないが心配をしてくれているのだろう。ジャレッドがまた屋敷にやってきて、結婚を迫ってくることを危惧しているのかもしれない。

「ですが、まずはガブリエラとも話をしないといけませんから……」

「弟君か。今日は不在か？」

「はい、外に出ております」

「ならば、明日改めて弟君も交えて話し合いをするとしよう。それで今後のことを一緒に話そう」

ガブリエラも一緒に話し合えるのであれば、それに越したことはない。レクシーは頷いて「よろしくお願い致します」と頭を下げた。

「明日、朝一番に迎えの馬車を寄越《よこ》す。それと、念のためにうちから護衛を派遣しておく。あの男がまたやってくるかもしれないからな」

そこまでしてくれなくても大丈夫だと断ったのだが、ジャレッドは随分と警戒されているらしい。これはハーヴィー自身がそうしたいと望んでいることだから、そうさせてくれと言われてしまった。

何だか、強引なのか親切なのかハーヴィーという人がよく分からない。

表情の機微が読み取れない分、何を考えてここまでしてくれるのか分からなかった。

「――今日は、突然押しかけて求婚したのにもかかわらず、頷いてくれて本当に感謝している。ありがとう、レクシー嬢」

けれども、ハーヴィーの言葉は真っ直ぐにレクシーに届いてくる。

話している内容だけを切り取って考えれば、悪い人のようには思えなかった。

久しぶりに話をしたが、性根の好《よ》さは変わらないようだ。

「こちらこそありがとうございます、侯爵様。正直な話、いろいろと困っていたところだったので、今回の申し出はありがたいです。不束者《ふつつかもの》ではありますが、一生懸命妻を務めさせていただきます」

たとえお飾りの妻でも、一生愛が生まれなくても。

この窮地を救ってくれた恩人に精一杯報いよう。力の限りをもって尽くそう。

レクシーはありったけの感謝を込めて、再度お礼を言った。


「……ワディンガム侯爵様が？　本当ですか？　姉上」

ハーヴィーが帰ったあと、この嬉《うれ》しい知らせをいち早くガブリエラに伝えたいと、レクシーは玄関先でソワソワと待ち構えていた。

ガブリエラが帰ってくるや否や、両手を広げて彼に抱き着く。

これでようやくガブリエラに苦労をかけることなく、そして憂いなく勉強に取り組んでもらえると思うと興奮が止まらなかった。

きっと、彼も喜んでくれるだろうと思うと、自然と顔がにやけてしまう。

落ち着くようにと窘《たしな》められながら、レクシーは今日起こったできごとを順を追って話していった。

するると、ガブリエラも驚きの表情になっていき、目を見開いたまま固まっている。

「侯爵様は貴方の後見人も引き受けてくださるとおっしゃっているわ。これで、思う存分高等な教育を受けることができるわね！」

今まで苦労をかけさせたが、これからは我慢することはなくなる。

しかも、ハーヴィーから貴族の嗜《たしな》みや領地経営に関して直接指導を受けることができる。

ガブリエラにいい影響を与えてくれるだろう。

「……ですが、姉上はそれでいいのですか？　ワディンガム侯爵様と言えば、まったく笑顔を見せない冷徹な方とお聞きしました。そんな方と結婚するだなんて……姉上が苦労されるのではないか心配です」

ガブリエラも喜んでいるものの、ハーヴィーの噂を耳にしている分心配する部分もあるようだ。

けれども心配ないとレクシーは首を横に振る。

「大丈夫よ。噂とは違って侯爵様はお優しい人だったわ。実際、領地への支援も申し出てくださったし、これは天の思《おぼ》し召《め》しだと思うの」

「それならいいのですけれど……」

レクシーの言葉に安堵《あんど》したのか、ガブリエラはホッとした顔をした。

接近禁止令のことを彼は知らないので、ただハーヴィーの人柄のことだけが気にかかっていたのだろう。

レクシーも余計な心配をさせたくはないので、それ以上は口を噤んだ。

「それでね、明日侯爵様のもとに一緒にお伺いすることになっているのだけれど、いいかしら？　早く生活拠点を移した方がいいとおっしゃられていて」

ハーヴィーが来たとき、ちょうどジャレッドも来ていて今までのひと悶着《もんちゃく》を知られてしまったこと、その上で危ないかもしれないからさっそく越してくるようにと言ってくれていること。

それらを説明しながらガブリエラにお伺いを立てる。

「あと……その、結婚式もね、すぐにしたいとおっしゃっているの。婚約期間はいらないだろうとおっしゃって」

「随分と性急ですね」

ガブリエラが眉を顰《ひそ》めたのが分かった。

「侯爵様は面倒な手間を省きたい性分なのかもしれないわね」

その割にはこちらの要求はすべて呑むような勢いだったが。

「でも、きっと私たちには悪くない結婚だと思うの。それに、何かあっても私たちふたりで乗り越えられる。両親が亡くなってからそうしてきたでしょう？」

たしかに奇妙な流れに性急な展開ではあるが、結果が伴えばいいのだ。

つまりは、ガブリエラが立派に成人し、ペンフォードの爵位を引き継ぎ、恙《つつが》なく領地を明け渡すことができればいい。

それさえできれば、レクシーとしてはいかに悲惨な結婚だろうと耐えられる。

「とにかく明日、侯爵様とお話してみましょう？　きっと噂話《うわさばなし》だけでは分からない部分があると思うから」

実際のところは噂通りの冷たさではある。

けれども、実物に会って話せば、また違った見方ができるかもしれない。

ガブリエラは賢い子なので、ハーヴィーとの上手い付き合い方も心得ていくだろう。

「もし、姉上に酷いことをするような方でしたら、僕が侯爵様を殴ってでも姉上を連れ出します」

「まぁ！　頼もしいわ、ガブリエラ。心配してくれてありがとう」

まだレクシーよりも背が低いガブリエラの身体を抱き締め、頭を撫《な》でる。

恥ずかしいのか少しムッとした顔をしていたけれど、結局抱き締め返してくれた。

「――どうされました？　姉上。ぼうっとされて」

「……え、ええ……大丈夫よ。少し懐かしさを覚えて……」

朝一番に迎えに来てくれたワディンガム家の馬車に乗り、ハーヴィーが待つ屋敷にまでやってきた。

客車の小窓から望むワディンガム侯爵邸を見つめ、レクシーは最後にここに足を踏み入れたときのことを思い出す。

最後は接近禁止令を出されるという残念な結果になったし、失礼な態度を取ってしまったことも分かっている。

けれども、幼いレクシーに優しくしてくれて、さらに心のわだかまりを取り除いてくれた、ハーヴィーの優しさは、今もこの胸に息づいていた。

こうやってガブリエラと仲良くやっていけているのも、彼のおかげだ。

「着きましたが、行けますか？　姉上」

「ええ、行きましょう」

駅者《ぎょしゃ》が客車の扉を開けて先にガブリエラが降りると、レクシーもそれに続く。

いつもよりも上等で華美なドレスを着てきたのもあいまって動きは緩慢だが、どうにか地に降り立った。

「レクシー！」

顔を上げようとした瞬間、自分の名前を呼ぶ声が聞こえてきた。

誰かと確認する前に、ドンっと何かがぶつかってくる。そして温かい何かに全身が包まれ、ぎゅうぎゅうと締め付けてきた。

「よく来たね！　レクシー！　待っていたよ！」

(だ、誰？)

思い切り抱き締められ、相手の胸に顔が埋まっているためにこちらからは見えない。誰か分からないけれど、レクシーを大歓迎してくれている人が突如として現れて抱き締めてくれたのはたしかだ。

「あぁ、このときをどれほど待っていたか！　ここまで来る最中何もなかったかい？　事故などもなく、来られたかい？　君の姿をこの目で見るまで気が気ではなかったよ。やはり、私自らが迎えに行くべきだったね」

だがこの声、聞き覚えがある。

声のトーンも違うし、言葉遣いも違うが、昨日聞いたばかりの声だ。

「顔を見せてごらん」

ようやく身体を離されたかと思えば、今度は頬を両手で包まれて上を向かせられる。

綺麗《きれい》なアンバーの瞳と目がかち合った。

「おや？　少し顔色が悪いようだね。体調が優れないかい？　もしかして、馬車に酔ってしまった？　馭者には安全運転でと頼んだはずなんだが……」

こちらを心配そうな顔で覗《のぞ》き込《こ》むその人。

プラチナブロンドの髪の毛に、端正な顔。麗しの美貌。

こんな人、知っている限りひとりしかいない。

「……わ、ワディンガム侯爵……様……？」

「そうだよ、君の夫になるハーヴィー・ワディンガムだよ。できれば、ハーヴィーと呼んでほしいな」

ニコリと大輪の華が咲きこぼれるような美しい笑みを浮かべた彼。

昨日は一度も動かなかった目尻が下がり、眉尻も下がり、口角が上がっている。

永久凍土と言われていたその顔は、凍るどころかトロトロに蕩《とろ》けていて今にも零《こぼ》れ落ちそうだ。

たしかに昨日、ガブリエラに『噂とは違って侯爵様はお優しい人だったわ』と言った。

さらに『きっと噂話だけでは分からない部分があると思うから』とも言った気がする。

だが、それはあくまでたとえの話。

(昨日とはまるで別人よ……！)

多少冷たくとも、温かい部分が垣間《かいま》見えることもあるだろうという意味だったのだが、昨日と今日でここまで態度が違うとは思わない。

本当に同一人物かと思うくらいに、昨日とは打って変わってハーヴィーは満面の笑みを浮かべていた。

「……あの、侯爵様？」

「ハーヴィーだよ、レクシー」

「……えっと」

「ハーヴィー」

笑顔の圧が凄《すご》い。

名前で呼ぶこと以外は許さないと言わんばかりだ。

(冷たい顔で凄まれても怖いけれど、笑顔で凄まれても迫力があるわ)

美しさとは罪であるというのはこういうことなのかと、妙に納得してしまった。

「……ハーヴィー……様？」

「何だい？　レクシー」

恐る恐る名前を呼ぶと、満足だったのか優しい声で返事をくれる。

他人行儀な呼び方は嫌だったということなのだろうか。

結婚が決まった途端に、急激に距離を詰めてこられて、レクシーはただただ戸惑うことしかできなかった。

「……人が見ていますので、離れていただけますか？」

距離の詰め方は一旦置いておくとして、今は身体の距離の近さが問題だった。

互いの身体を密着させ、ハーヴィーに顔をとられ見つめられている姿は、まさに人目を憚《はばか》らずに睦《むつ》み合う恋人同士そのものだ。

結婚が決まったばかりだし、何よりすぐ側にガブリエラがいる。

こんな姿を見せるのは忍びなかった。

「……どうしても離れてほしい？　離れがたいのだけれども」

「そ、そんなことを言われましても……皆見ていますし……」

彼は感じないのだろうか。いたるところから痛いくらいに突き刺さる視線を。

レクシーは居た堪《たま》れなくて仕方がないのだが、ハーヴィーは気にならないらしい。

「でも、もう少し君の戸惑った顔を間近で見ていたいな。滅多《めった》に見られないし、新鮮だから」

何故かレクシーの表情を見ていたいと言って、人の目など二の次になっていた。

こんな顔など見ていても何も面白いものなどないだろうに。

いや、もしかしてレクシーが知らないだけで、今凄く面白い顔をしているのだろうか。

そうであればなおさら離れてもらわなければ。

「あのー……、わ、私の弟のガブリエラをご紹介してもよろしいですか？」

こう言ってしまえば断らずに離れていくだろう。

思惑通り、ハーヴィーは「そうだね」とにこりと微笑んで手を離してスッと身体を離した。

レクシーは佇まいを直し、背筋を伸ばす。

ガブリエラに手を向けて、ハーヴィーに紹介した。

「ハーヴィー様、私の弟、ガブリエラ・ペンフォードです」

「ガブリエラ・ペンフォードです。ワディンガム侯爵様、どうぞよろしくお願い致します」

姉弟ふたりで同時にお辞儀をし、また顔を上げる。

ところが、再び見たハーヴィーは、先ほどとはまた違った顔をしていた。

昨日見た、冷たい表情の彼がそこにいたのだ。

「よく来たな、ガブリエラ。私が君の姉君と結婚の約束をしたハーヴィー・ワディンガムだ。これからよろしく頼む」

冷ややかな目をガブリエラに向けて、ハーヴィーは硬く他人行儀な口調で挨拶をしてきた。明るく人当たりのいい彼はどこにもいない。

「今日は君とも今後のことについて話をしたい。君も忌憚《きたん》ない意見を出してくれ。遠慮は無駄な遠回りを生むから止めてくれ」

「はい、分かりました」

ガブリエラは少し緊張しているようだ。

それもそうだろう。噂通りの永久凍土の薔薇が目の前にいるのだから。

しかも、先ほど姉に見せた態度とは打って変わって冷ややかな態度。

緊張しない方が無理な話だ。

「さぁ、レクシー。これから君たちが住む屋敷を案内しようか。もしも、気に入らない箇所があったら模様替えをするから何でも言って」

「は、はい」

そしてまた、レクシーにはにこやかな笑顔を見せる。

明らかにレクシーに対してと、ガブリエラに対しての態度が違って見えた。

(私が妻になるから優しくしているの？　それとも、ガブリエラに厳しい態度を取るのはこれから後見人になるから威厳を見せるため？)

その差は何なのだろう。

レクシーは気になって、屋敷の案内どころの話ではなくなった。

もしかすると男女によって態度を変えているのかと思ったのだが、どうやらそうではないらしい。

案内途中で会った使用人の女性にも冷たい態度を取っていた。

(……もしかして、私にだけ？)

彼があんなににこやかに話しかけてくれるのは、見る限りレクシーにだけだった。

家令にも皆と同じように冷ややかな顔を見せる。

ただひとり、レクシーだけがハーヴィーに笑顔を向けられていた。

——不可解。

その一言に尽きる。

何故、レクシーにだけ微笑むのだろう。

優しくするのだろう。

もう何年も会っていない上に、会うことも禁じられるほどに失礼なことをしてしまった相手なのに。

ただ妻に迎えるからといって、こんなにも態度に差をつけるものなのだろうか。

ハーヴィーがレクシーに微笑めば微笑むほど分からなくなっていった。

「どうかな？　気に入らない箇所はあったかい？　言ってくれれば、君たちが越してくるまでに直しておくけれど」

「いいえ、気に入らないなんてとんでもない。どのお部屋も素敵で、こんなところで過ごせるなんて夢のようだと思っておりました」

ペンフォード家の屋敷も貴族らしく広いが、それ以上にワディンガム家の屋敷は広大だった。

しかも、内装も調度品も高級で、瀟洒《しょうしゃ》で。見ているだけで楽しかった。

さすが、名家のワディンガム家だと感嘆すれども、ケチをつけるところなどない。

むしろ、気に入らないと口を出すことなど、おこがましいようにも思えた。

「そう。ならよかった。でも、何かあったらいつでも私に言ってほしい」

「ありがとうございます」

何かと気にかけ、優しい言葉をかけてくれる。

そんなハーヴィーに嫌な感情は抱かないものの、やはりどこか戸惑いが消えない自分がいた。

「さて、では、次は私たちの今後のことについて話をしようか」

ハーヴィーにエスコートをされながら応接間へと行き、カウチに座らされる。

ガブリエラはレクシーの隣に腰掛け、ハーヴィー自身は向かい側のソファーに座った。

お茶を飲みながら、いろいろと聞き取りをされる。

まずはレクシーに結婚生活においてハーヴィーに要望すること、結婚式についての希望などを中心にだ。

レクシーとしては、結婚式は亡き母が残してくれた花嫁衣裳を着られれば他に希望はないこと、結婚生活はガブリエラの後見人として彼の成長を支えてくれたら何も言うことはないと話す。

それに対し、ハーヴィーはしばし笑顔のまま何かを考え込むように止まったあと、「分かった」と一言だけ返してきた。

「逆にハーヴィー様は、私に対して要望はございませんか？　自分で言うのもお恥ずかしい話なのですが、他のご令嬢より器量があまりよろしくないと申しますか……」

器用なタイプではなく、淑女教育も懸命に取り組むものの、まあまあの成績。

社交界でも華やかなところはないのであまり目立たずに、気の利いた会話もできない。

何せ夜会に出れば、紳士たちが避けて通るほどの不人気なので、そんな自分が突然ハーヴィーの妻になるとなれば何かしら支障をきたすかもしれない。

ここだけはしっかりしてほしいとか、これは学び直してほしいとか。

ワディンガム侯爵家当主の妻に相応《ふさわ》しい姿を求められて当然のはず。おそらく、世間の目も厳しいはずだ。

あの『永久凍土の薔薇』の妻なのだから。

「ないよ。レクシーは今のままで十分素敵だからね。私からお願いすることなんて、見つからないな」

「……ない、のですか？」

「ああ、ない。もし、何かおねだりをしてほしいという意味ならば、たくさんあるけれどね。でも、君自身にこう変わってほしいとか、そういうものはないかな」

むしろ、そのままの君でいてほしい。

ハーヴィーは淀《よど》むことなくそう言ってきた。

遠慮しているわけでもなく、揶揄《からか》っているわけでもなく、本気でレクシーのままでいいと思っているように見える。

「大丈夫、もしも君に無粋なことを言う輩《やから》が現れたら、すべて私が始末してあげるからね」

しかも物騒な言葉を付け加えて。

どう返していいのか分からず、レクシーは空笑いを浮かべる。

ふと隣を見ると、ガブリエラは輝いたような目をしてこちらを見てきた。

「お優しい方ですね、侯爵様は。姉上のおっしゃる通りでした」

純粋に、姉の結婚相手がそこまで言ってくれる優しい人だと思っているようだ。

「へぇ……レクシーは私のことを優しいと言っていたのか……。その話、もう少し本人の口から聞いてみたいな」

今度たっぷりね、と言われて、レクシーは頭を抱えそうになる。

そんなに期待されても困る。心配するガブリエラを宥《なだ》めるために、当たり障りのないことしか言っていないのだから。

「では、次は君だ、ガブリエラ。私に何を要求する」

思い悩むレクシーをよそに、話はガブリエラとのことに移ったようで、途端にハーヴィーは顔から表情を失くす。

いまだにその落差に慣れず、ハラハラしながらふたりの話を見守っていた。

ガブリエラは何を学んでいきたいのか、父から受け継ぐ予定の領地をどうしていきたいのか、そのためにどのような勉強と社交界経験を積んでいきたいのか。

はっきりしたビジョンはまだないものの、何となくこうしていきたいという意志を示していた。

幼くてもしっかりと将来を見据えている立派な姿勢に、レクシーは感動する。

さぞ両親も弟のこんな姿を見ていたかっただろうと偲《しの》びながら。

「なるほど。爵位の継承は君が十六歳になったときにするつもりで動こう。それまで、私は持ち得る限りの力と財を投じて君を教育するつもりだ。御父上が残したペンフォード伯爵の名に恥じぬよう懸命に励むといい」

「はい！　ありがとうございます！」

「それと、ペンフォード領のことも心配ない。君に明け渡すときが来るまで、私が全力で守る。おいおい、領地経営も手伝ってもらうことになる」

ハーヴィーは、レクシーに対してもそうだったように、ガブリエラにも与えられるものはすべて与えようと言ってくれた。

ただし、それに報いられるくらいの立派な紳士になるようにと念を押してだが。

（やっぱり、態度や言葉遣いだけなのね、違うのは。気遣いや優しさはガブリエラにもち

ゃんと見せてくれている）

ハーヴィーと話せば話すほどにそれが分かっていく。

ガブリエラも思っていたよりハーヴィーにいい印象を持ったようだし、何も心配することはないだろう。

「この屋敷には明日越してくるということでいいかな？」

いや、まだこの強引さが問題だ。

昨日、レクシーがガブリエラも交えて話さないと答えを出せないと言ったので、再度切り出したのだろう。

思い入れのある屋敷を去るには、今日一日では足りない。

まだ数日ほしいとお願いしようとした。

「ということは、明日からいろいろと教えていただけるということですか？　侯爵様のお仕事ぶりも間近で見られますか？」

だが、ガブリエラは過去を見るのではなく未来を見据えているらしく、越して勉強を始められることを喜んでいる。

「レクシーがよければ、だが」

それを受けてハーヴィーがこちらにどうする？　と訊《たず》ねてくる。

ウっと言葉を詰まらせたレクシーに、ガブリエラがツンツンと裾を引っ張ってきた。

「姉上、お願いします。僕、早く勉強を始めたいです。きっと、侯爵様に学ぶことは多くて、時間がいくらあっても足りません」

「ガブリエラ……」

「それに、今まで姉上が頑張ってくださっていたでしょう？　今度は僕が頑張る番です。……正直なことを言うと、僕、ジャレッド兄様のことも心配で。侯爵様がいらっしゃったら心強いですから」

そんないじらしいことを言われてしまったら、嫌だとは言えなかった。

それと同時に、ずっとガブリエラを不安にさせていたのだと悟る。

やはり、彼もジャレッドのことは好いていないのだろう。どこか怖がっているような節があった。

「分かったわ、ガブリエラ」

我が弟ながら愛くるしくてギュッと抱き締めると、ガブリエラも嬉しそうに抱き締め返してくれる。

何ていい子に育ったのだろうとしみじみと思っていると、ふとこちらを見つめるハーヴィーの目とかち合った。

彼はじぃっとレクシーとガブリエラを見ては、目を離さない。瞬《まばた》きひとつしていない。

しまった、こんなところで抱き合うなんて失礼だったかと身体を離す。それでもしばらく見つめられていたので、居た堪れなくなりレクシーの方から口を開いた。

「それでは、ハーヴィー様。明日、簡単に身の回りのものだけ持って越してきますので、よろしくお願い致します」

「ああ、また迎えに行かせよう。他の荷物はあとで運ばせておくから心配ないよ」

ハーヴィーは、また元の調子に戻ってレクシーににこりと微笑む。

主人のいなくなったペンフォード邸は、レクシーが信頼できる人を管理者に指名して管理を任せることになった。

その給与はハーヴィーが出してくれると言う。

我が家のことなのでそこまでしなくてもいいと断ろうとしたが、彼は首を縦に振ってくれなかった。

「私の我《わ》が儘《まま》でふたりには早々に越してきてもらうからね。これくらいはさせてほしい。それとも、我がワディンガム家にはそれくらいの財力もないと心配しているのかな?」

「め、滅相もございません！」

断じて違う。いち伯爵令嬢が侯爵家の懐《ふところ》事情を心配するなど、そんな畏れ多いことをできるはずもない。

「なら、何も問題ないね」

先ほどの言葉は、レクシーにこれ以上何も言わせないための予防線だったのだろうか。

サッと話を終わらせて次の話に移ってしまった。

こちらの負い目を感じさせないようにと、気を遣ってくれたのかもしれない。

「今日はこの辺にしておこうか。越してくる準備もあるだろうからね」

何も心配せずに越してくるといいよと最後にまた言ってくれたハーヴィーに、レクシーは心の底から感謝をしながら頷いた。

「いろいろとありがとうございました。明日から、どうぞよろしくお願い致します」

屋敷の門扉まで見送りに来てくれたハーヴィーに改めて頭を下げる。

本当は何度お礼を言っても足りない。

政略結婚なのに、ここまで環境を整えてもらって配慮をしてもらって。こちらが申し訳なくなってしまうほどによくしてくれる。

「――ガブリエラ、レクシーとふたりきりで話しがしたい。先に馬車に乗っていてくれないか」

「分かりました」

ハーヴィーの言葉に従いガブリエラがこの場を去っていく。

ふたりきりで話とは何だろうとハーヴィーを見上げると、彼はレクシーの右手を取った。

「こちらこそ、どうぞよろしく、私の未来の奥さん。君がこの屋敷に越してくるときが待ち遠しくて堪らないよ」

手の甲にチュッと口づけをしたハーヴィーは、うっとりと幸せそうな顔で微笑んだ。

その顔の何と美しいことか。

こちらの心までもが蕩けてしまいそうだ。

「できれば、明日越してきたその足で結婚式を挙げたいんだ。どうだろうか」

「結婚式もですか？」

「もう陛下の結婚許可証は貰《もら》っているからね。あとは私と君のサインをして、教会に行き神の前で誓いの言葉を述べるだけになっている」

ガブリエラに見届け人になってもらい、ささやかながら身内だけのものではあるが、先に婚姻を成立させたいと急《せ》くように言ってくる。

招待客を招いての盛大な式をしたいのであれば、のちほどすればいいと。

「どうしても、レクシー、君を早く私の妻にしたい。名実ともに。……そうだね、先ほど君に希望することはないと言ったけれど、訂正」

希《こいねが》うように、縋《すが》るように。

ハーヴィーは真摯な瞳をレクシーに向ける。

「明日、私と結婚してほしい」

ただ、それでいい。

それだけでいいのだと、彼は言い募る。

まるで、愛する人に求婚するかのようなひたむきさが、ハーヴィーから伝わってきて、何故かレクシーの心が高鳴った。

（……き、きっと早くこの結婚を成立させてペンフォードのワインがほしいのね。きっとそうよ、絶対にそう）

顔が熱くなるのを感じて、勘違いをしないようにと自分に必死に言い聞かせた。

「分かりました。明日、母の花嫁衣装も一緒に持ってきます」

ここまで言われて断れるわけがなかった。

それは、相手の身分が高いからではない。

あまりにもハーヴィーの顔が真剣で、必死だったからだ。

また見たことがない永久凍土とは違う顔が垣間見えて、少し嬉しくなる。

「よかった！　ありがとう、本当にありがとう、レクシー」

口元を緩ませて、こんなにも喜んでくれているハーヴィーを見て面映《おもは》ゆくなった。

噂とは違う、まるで子どものようなはしゃぎぶりに、プッと噴き出しそうになる。

「ハーヴィー様は不思議ですね。どれが本当の貴方の顔か分からなくなります。昨日はあんなに冷たかったのに、今日は感情が豊かで」

驚くほどに変わるハーヴィーの顔。

何か理由があるのだろうか。

好奇心が抑えきれなくて、つい聞いてしまった。

「昨日は、あのジャレッドって男がいたしね。それに君に数年ぶりに会うから、緊張していた」

あれは緊張の裏返しだったのかと驚いた。

だから、あんなに冷ややかだったのかと。

「では、今日はガブリエラにも緊張を？　その割には使用人の方たちにも冷たい態度でしたけれど」

「まさか、あれが私の普段の姿だよ。皆には安易に愛想をよくしないようにしている」

「……でも、私にはこんなに笑ってくださっておりますが……？」

あれ？　とレクシーは首を傾げた。

他の人間には永久凍土で、レクシーにだけは微笑むのは何故なのか。ますます分からなくなる。

難しい顔をして考え込むレクシーの頬《ほお》にそっと触れ、指の背を滑らせてきたハーヴィーは、優しい顔で微笑んできた。

「私はね、本当に微笑みかけたい人にしか微笑まないし、愛想よくしたい人にしかしない。──レクシー、君にしかね」

まるで、レクシーだけが特別だと言われているような気分になる。

だから、他の人とは違ってこんなにも笑顔を届けるのだと。

「……それは……妻になる……から？」

それしか説明がつかない。

よしんば他に理由があるとしても、接点は数年前にこの屋敷で会ったあの一回のみ。

しかも、失礼を働いただけで不快な思いをさせても、微笑みかけられるようなことはしていないはず。

妻だからそうするのだと言ってくれれば、すっきりとするのに彼はそうは言ってくれなかった。

「私のことで頭がいっぱいだね、レクシー。いいね、ずっと私のことを考えていて。思い悩むその顔も可愛《かわい》らしくて、いつまでも見ていたい」

また突拍子もないことを言ってうっとりとしている。

「答えをあげるのは簡単だけどね。でも、もう少し私のことを考えてほしいから……答えはまた明日」

腰が砕けそうになるほどの低く心地のいい声が、レクシーの耳をくすぐってきた。

ゾクゾクとしたものが腰からせり上がってきて、びくりと肩を震わせる。

それを見たハーヴィーがクスリと笑ったような気がした。

「そ、そうしましたら、また明日お聞きしますので……！」

今度こそ顔が真っ赤になるのが止められない。

動揺しているのを悟られたくなくて、恥ずかしくて、レクシーは捲《まく》し立てるように挨拶をしてその場を立ち去った。

馬車に乗り込み、待っていたガブリエラの隣に座る。

「もうお話はいいのですか?」

「……ええ、大丈夫よ。明日、結婚式までしてしまいましょうというお話だったわ」

本来なら本題はそちらのはずだった。

それなのに、ハーヴィーの思わせぶりな態度と言葉に振り回されて、それどころではなくなってしまった。

「ハーヴィー様は早く姉上と結婚したくて仕方がないのですね」

声を弾ませるガブリエラを尻目に、レクシーは、火照った頬を冷ますように両手を当てた。

熱はなかなか治まらない。

それどころか、頭の中がハーヴィー一色になって、振り払おうにもなかなか消えてはくれなかった。

これでは、彼の思惑通りだ。

屋敷に帰って、荷物をまとめなければならないのにまったく身が入らない。

文字通り寝ても覚めても、ハーヴィーの言葉がレクシーの心をかき乱し続けた。


さすがと言うべきか、やはりと言うべきか。

ハーヴィーは急な結婚式にもかかわらず、何もかも完璧に準備をしてくれていた。

花嫁衣裳を持って越してきたレクシーを使用人に預け、さっそく着替えをした。

母が残してくれた花嫁衣装は、真っ白なエンパイアスタイルのドレスだ。

スカート部分やロングトレーンに広がる精緻な刺繍が特徴的で、ほとんど黒に近いブルネットの髪のレクシーでも優美に見せてくれる。

ヴェールやロンググローブ、靴、装飾品などはハーヴィーが用意してくれていたらしく、数えきれないほど部屋の中に並んでいた。

「旦那様が、奥様の好きなものを身につけられるようにと用意してくださいました。どれにいたしましょうか」

どれにと言われても、数が多すぎて選ぶことができない。

何がこのドレスに似合うか、自分を良く見せてくれるのか。決めきれなくて、気になったものを次から次へと手に取ってみた。

ヴェール、グローブ、靴までは決めることができたが、胸元を彩る首飾りがなかなか決まらない。一番目を引く装飾品になると思うと、安易には決められなかった。

「……これは？」

ふと目に入ったそれを手に取り、じっくりと見つめる。

決して華美ではない、大ぶりの宝石とそれを囲むように小ぶりの宝石がペントップにあるシンプルな首飾り。

けれども、大ぶりな宝石が、乳白色と太陽の光のようなものが入り混じった不思議な色をしていてとても目を引く。

ダイヤモンドのように輝く光ではなく淡い光を放つそれは、レクシーを魅了した。

「それはブルーアンバーだそうですよ」

「ブルー？　青く見えないけれど……」

「黒い布を当てますと、青く見えるのだそうです」

そう説明してくれた使用人は、黒い布を用意してくれる。

布の上にブルーアンバーを乗せて、光が差すところで見るとたしかに青く光っていた。

「面白いわ。状況によって違う顔を見せるのね」

まるでハーヴィーのようだ。

そう思ったレクシーは、ブルーアンバーの首飾りを身に着けることにした。そういえば、ハーヴィーの目の色もアンバーなので、ちょうどいいだろう。

耳飾りも同じブルーアンバーのものにして、あとは化粧と髪の毛を整えてもらうと、綺麗に着飾った花嫁がそこにいた。

「お綺麗ですよ」

使用人たちにそう褒められたが、自分がどう着飾っても隣に並ぶであろうハーヴィーの美しさに敵うとは思えない。

けれども、少しでも綺麗になったことで気分が舞い上がっていた。

そろそろ時間だと呼ばれ、教会に向かうための馬車に乗り込もうと玄関までやってくると、そこには今か今かと待ち構えるように階段を見上げているハーヴィーがいた。

かと思うとレクシーの姿を認めた瞬間、目を見開いて固まってしまう。

目の前にやってきても微動だにせず、視線だけでレクシーを追う彼に少々不安になった。

「……どこか、おかしいです……か？」

使用人も褒めてくれていたし、自分でも悪くないと思っているのだが。

だが、もしもハーヴィーの好みではないのだとしたら申し訳ない。

着替えてくる時間があればいいのだけれど……と心配をしていると、突然ハーヴィーが動き出し、自分の顔を手で覆った。

「……おかしくない。むしろ、私の想像を超えるほどに美しくて、びっくりしてしまった。もう……君のその美しい姿を目と脳に焼き付けるのに必死で、息も忘れていたよ」

そんな大袈裟な。

レクシーは笑おうとしたが、彼は至極真面目に言っているようだった。

手で顔を覆っていても、指の隙間から絶えずこちらを覗《のぞ》いているのが見える。

「ハーヴィー様がいろいろと用意してくださったおかげで、こんなに綺麗な姿になることができました。本当にありがとうございます」

「あくまで私が用意したのは君と、そして君の母上が遺《のこ》してくれたドレスの引き立て役だ。元が美しいから宝石たちも光り輝く。……あぁ、これはブルーアンバーだね」

首飾りに気付いてくれたようで、ハーヴィーの視線がレクシーの胸元に注がれる。

「はい。これを見ていたら、何故かハーヴィー様を思い出しまして。よく伴侶の色を纏《まと》うご婦人がいらっしゃいますでしょう？　なので、私もそれを真似てハーヴィー様のようなブルーアンバーを着けさせていただきました」

何故これを選んだのか本人に説明するのも気恥ずかしいが、知っておいてほしい気もした。

だが、その思いは独りよがりではなかったのだろう。

ハーヴィーは、嬉しそうに微笑む。

「私のことを考えて選んでくれたんだね。あぁ……レクシー……私の胸は喜びでいっぱいだよ」

その顔を見れば分かる。

笑顔が眩《まぶ》しくてレクシーも照れてしまいそうだ。

「この首飾り、家宝にしたいくらいだ。君が私のことを想《おも》って選んでくれた宝石は、まさに我が家の家宝だろう？」

「……お、大袈裟です」

ハーヴィーの過剰なくらいの褒め言葉は馬車の中でも続いた。

（緊張を解きほぐそうとしてくださっているのかしら……）

昨日に増して勢いが凄い。

レクシーが緊張しているのを感じ取って、こちらの気持ちが和むようにと取り計らってくれているのであればありがたいことだ。

おかげで教会に着くころには、随分と落ち着いていた。

ガブリエラはもう先についてふたりの到着を待っていると聞いている。

教会の扉の前に立ち、隣に並ぶハーヴィーを見上げて、この先に進む覚悟を決めて。

レクシーは大きく頷いた。

すると、ハーヴィーは目元を和らげて顔を近づけてくる。

「昨日、あれから私のことを考えてくれたかい？」

もう扉がすぐにでも開くというのに、彼は問いかけてきた。

レクシーは、今朝がたまでの自分の状況を思い出して、そろりと視線を横にずらす。

「……ええ、まぁ……私なりにいろいろと考えてみましたが、よく分からなくて」

その代わりにハーヴィーの顔を思い浮かべていたなどとは言えずに、言葉を濁す。

「嬉しいものだね、レクシー。君の頭の中を独り占めするのが、こんなにも幸せなことだとは思わなかったよ。できれば、その様子をこの目で見ていたかったけれどね」

フフフと微笑むハーヴィーと見つめ合っていると、教会の内側から扉が開けられた。

音でそれに気付いたレクシーは、もう行かなければと慌てる。

「あの、ハーヴィー様、もう準備ができましたようで……」

「でも、そこまで考えなくても、答えは簡単なのだけれどね」

中に入らないのかと祭壇の前で待っている司祭がこちらを窺《うかが》っている。

ガブリエラも不思議そうに見ていて、レクシーは焦った。

ところが、ただひとり、ハーヴィーだけが話を続けている。

どうしよう……とレクシーが眉尻を下げたとき、ハーヴィーは極上の笑顔を見せてきた。

「私が君だけに笑顔を見せるのは、――レクシー、君を愛しているからだよ」

「…………へ？」

思わず口から淑女らしからぬ声が漏れてしまう。

「さぁ、私たちの永遠の愛を誓いに行こうか」

――あい？　愛？　愛しているとは？

腕を組みながら祭壇の前に向かいながら、レクシーはハーヴィーの言葉の意味を懸命に呑み込もうとしていた。

理解して、何かしらの結論を見出したいが衝撃が大きすぎて頭が働かない。

まるで魂が抜けたかのように惚《ほう》けてしまっていた。

その間、式は淡々と進んでいき、結婚許可証にサインをして誓いの言葉を述べたことは朧気《おぼろげ》に覚えている。

「それでは誓いの口づけを」

ここにきてようやくレクシーは我に返った。

ハーヴィーによって顎を取られ、上を向かせられると彼の端麗な相貌と対峙《たいじ》する。

「……ぁ……ぅぅ」

何度かこうやって真正面から見つめられる場面はあったが、その言動に「愛」があると知った今、冷静ではいられない。

利害が一致した上での結婚。

お飾りの妻で互いに愛はない。

それを前提としてハーヴィーと結婚式を挙げるものだとばかり思っていたレクシーは、想定外のことにどう対処していいか分からない。

「長年、このときを待っていたよ、レクシー。君を花嫁に迎えられて、私は世界一の幸せ者だ」

「……は、ハーヴィー様」

そんな目で見つめないでほしい。

熱いくらいに愛に満ちた目で見つめられたら、もう顔が溶けてしまいそう。

今までもこんな風に見つめられていたのだと思ったら、自分の鈍さが恥ずかしくなる。

二重の意味で、レクシーは羞恥に晒《さら》されていた。

「この身体、この心、私の血や肉や骨、髪の毛一本に至るまで君に捧《ささ》げることを誓うよ。どれも私の君への愛でいっぱいだ。——受け取って」

混乱の中、誓いの口づけをされ、レクシーとハーヴィーは夫婦となった。

ガブリエラと司祭の拍手がそれを祝福してくれている。

ハーヴィーは嬉しさが収まらないのか、呆然《ぼうぜん》とするレクシーの身体を強く抱き締めてきては「幸せになろう」と何度も言ってきていた。

だが、レクシーはそれどころではない。

(……私、ハーヴィー様に愛されていたの？)

いつ、どこで、なにゆえ？

答えを得られないまま結婚式を終える。

一方は愛されていたことに驚き呆然とし、一方は結婚できたことに歓喜している。
そんなちぐはぐなふたりに、次に待ち受けているものがあった。

そう、初夜である。

第二章

朧気にしか覚えていない。

けれども、あの日会ったその人は、薔薇園の中にひっそりと隠れるようにして座っていた。

その姿を見つけたとき、レクシーは自分の前に天使が現れたと思ってしまった。

羽を休めに地上に降りてきた天使を見つけてしまったと。

とんだ勘違いをしてしまうほどに、ハーヴィーは昔から美しかった。

それくらい誰の心をも魅了したのだ。

十年前のその日は、ハーヴィーの母親が盛大なお茶会を催し、自邸に多くのご婦人方を招いていた。

レクシーの母親も例に漏れず招かれ、生まれてそろそろ一歳になるガブリエラも引き連れ三人で参加していた。

母は、ようやく生まれたペンフォード家の跡継ぎを皆にお披露目《ひろめ》したかったのだろう。

周りのご婦人方もガブリエラを取り囲み、母に言祝《ことほ》ぎを贈っていた。

それを見て面白くない思いをしていたのが、レクシーだ。

ようやく待望の男児が生まれたと喜ぶ大人を横目に、自分はそんなにも歓迎されていなかったのだろうかと不貞腐《ふてくさ》れていた。

まだ八歳と幼かったレクシーは、貴族の家に男児が産まれることがどれほど大事なことかは知らない。

だから、自分が邪険にされているような、もう家族に要なしと思われているような感じがして腹が立っていたのだ。

母に見つからないように、お茶会場を抜け出して外に出る。

ワディンガム邸の中庭はとても美しいのよと、ここに来るときに母が言っていたのを思い出しながら中庭を探し当てた。

どうせならこの中に隠れてしまおうと思い、何も考えずに足を進める。

ただ、母が心配すればいいという怒りと弟への嫉妬心と、そして誰にも会いたくないという擦れた思いがレクシーを身勝手な行動に駆り立てていた。

そして、当てもなく歩いて辿《たど》り着《つ》いた先で出会ったのだ。

薔薇に囲まれて座るハーヴィーに。

あまりにも背景に薔薇を背負った姿が美しくて、一瞬天使だと思ってしまったが、そうではないと思い返す。

彼がワディンガム家の嫡男であることは知っていた。

お茶会の最初の方で、侯爵夫人が皆に向けて紹介してくれていたからだ。

そのとき、ハーヴィーは天使のような愛らしい笑顔を振りまいて、丁寧に、そして愛嬌《あいきょう》溢れる言葉で挨拶をしていたのを覚えている。

けれども今はどうだ。

彼はガーデンベンチに座って、沈んだ顔をしていた。

とても悲しそうで、辛そうで。声をかけずにはいられなかった。

「ハーヴィー様、ですよね？　こんなところでどうなされたのですか？」

「……やぁ、君は……ペンフォード伯爵のご令嬢、だよね？　たしか……」

「レクシーです」

スカートを摘まみ、淑女らしく恭しいお辞儀をしてみせる。

すると、ハーヴィーは儚げな笑みを浮かべた。

「君こそどうしたの？」

彼は質問に質問を返しながらも、自分の隣に座るようにと導いてくれた。レクシーはそれに従い腰を下ろす。

「母と弟から逃げてきました」

はっきりとレクシーがここに来た理由を述べると、ハーヴィーもまた話してくれた。

「私も、母やお客様たちから逃げてきたんだ」

お互い同じだねと微笑み合う。

「でも、あんなに楽しそうにしていらしたのに、ハーヴィー様も逃げたくなるものなのですね」

「笑っていても、心の底から楽しんでいるわけじゃないからね」

「そうなのです？　楽しいから笑うのではないのですか？」

楽しくないのに笑うということが、レクシーには分からなかった。

無理矢理《むりやり》笑う必要がどこにあるのだろうか。

社交辞令や愛想などをよくよく知らないレクシーは、ただ純粋に疑問を持ったのだ。

「普通はそうなのだろうけれどね、私は両親にいつでも笑顔でいるようにと言われているんだ。誰に対しても笑顔で、優しく丁寧に、愛嬌を持って接すること、と」

その方が、何ごとも上手くいくからそうしろと言われているのだそうだ。

人付き合いを円滑に進めるためには、必要なことなのだと。

「たしかに私が微笑むと、皆の気分が良くなって態度が和らぐ。両親もそれから話を切り出すと、とても盛り上がるのだそうだ。私も最初は嬉しかったのだけれど……」

ハーヴィーはふと目を虚《うつ》ろにした。

「……辛くなったのですか？」

その目を見て思ったことを口にすると、彼は当てられたことに驚きながらもゆっくりと頷く。

「少しね」

そう口で言いながらも、どこか本音を出すことを遠慮しているようだった。

ハーヴィーの様子を見て、レクシーはムッとする。嘘《うそ》を吐かれたような気がして嫌だったのだ。

「笑いたくないのであれば、笑わなければいいのです。嫌なら嫌と言っていいのです。だって、嫌なことを続けていると、心が苦しくなるでしょう？　胸がきゅ～ってなって泣きたくなるし、怒りたくなる」

今のレクシーがそうだ。

弟ばかりを可愛がる両親や他の人たちを見て、胸が苦しくなる。

こっちを向いてほしくて声をかけたり、寂しいと言ってみたりしたけれど、両親に「お姉さんになったのだから我慢しなくては」と言われて終わってしまう。

「ハーヴィー様は笑いたいときに笑ってください！　好きなときに笑って、好きなときに怒って、好きなときに悲しめばいいのです！」

「……君は、そうしているの？」

勢いよく言ったものの、ハーヴィーにそう問われて言葉に詰まってしまう。

レクシーは他人に偉そうに言えるほど、自由には振る舞えていなかった。

分かっている。

ガブリエラはまだ小さい。だから、何を差し置いても優先されるし、レクシーもそれにならわなければならない。

分かっているけれど、ふと我慢が利かなくなる。

そんなとき、泣《な》き喚《わめ》いて「私を見て！」と叫びたいけれど、結局叫べなくて逃げることしかできなかった。

ハーヴィーに偉そうなことを言っているが、本当は自分が一番できない。

できない不甲斐《ふがい》ない自分を叱咤《しった》するように、ハーヴィーを鼓舞している。八つ当たりに近いものだったのかもしれない。

また家族に置き去りにされたような気持ちが甦《よみがえ》って、レクシーは胸が苦しくなる。

堰《せき》を切るように、大きな目から涙が零れ出た。

「……ぜんぜん……ぜんぜんできていません。……私、言いたいことを何も言えずに、今日も逃げ出してきてしまいました。……私の方こそ弱虫なのです」

我慢は辛い。どうしてこんなにもままならないのかと嘆きたくなる。

でも何も言えなくて、言っても聞いてくれなくて。

それを見て諦めてただ不貞腐れることしかできない、弱虫な自分が嫌いだった。

「……だから、ハーヴィー様は……ハーヴィー様だけは、弱虫にならないでください。言いたいこと、言ってください」

「私だけ？　君は？」

「言いたいけど、言えない弱虫なのです……。だから、私の勇気を、ハーヴィー様にあげます。私の分まで……頑張って……うぅ」

涙が止まらない。

ハーヴィーがハンカチを差し出してくれて、それで何度も涙を拭ったけれど止まる気配はなく、それどころかワンワンと泣き出した。

声を上げ、我慢していたものを全部吐き出す。

「……ハーヴィーざまならでぎまずぅ……ぜったいにできまずがらぁ……！」

泣きじゃくりながら、ずっとできますから頑張って、私の分まで頑張ってと言い続けていた。

もしかすると、途中から自分で何を言っているか分からなくなっていたのかもしれない。

ただただハーヴィーに頑張ってほしくて、自分のように我慢を重ねてほしくなくて訴える。

それと同時に、今まで溜めに溜め込んだ愚痴もぶちまけた。でも、弟が可愛くて仕方がないというジレンマも。

ハーヴィーはずっと相槌《あいづち》を打って聞いていてくれていて、慰めてくれたり、優しい言葉をかけてくれていた。

泣き疲れていつの間にか寝てしまっていたのだろう。

気が付いたときには、ハーヴィーの膝を枕にして眠ってしまっていた。

「レクシー!」

母の叫び声で目を覚まし、瞼《まぶた》を上げる。

そこには、真っ青な顔をしてこちらを見る母と、驚きの表情を浮かべる大人たち。

何ごとかとこちらの方も驚いてしまったが、すぐに母にハーヴィーの上から退《ど》けられて怒られたことで分かった。

勝手にいなくなったことはもちろんのこと、ハーヴィーの膝を枕にして眠るなどなんて失礼なことをしているのだと母は慌てているらしい。

そのあと、しきりにハーヴィーとそしてハーヴィーの母に謝罪をしている姿を見て、レクシーはいけないことをしてしまったのだと理解する。

しかも、あとで知ったことだが、どうやらレクシーはハーヴィーの服を涙と鼻水でかなり汚してしまっていたらしい。

重ね重ね失礼を働いてしまったことに、母は頭を下げていた。

その姿を見つめながらレクシーはしゅんとする。

けれども、母が自分のために何かをしてくれるなど、久しぶりのことだったので嬉しかった。

「どうする？　今なら、私も君のお母上に一緒に言ってあげられるけど。ひとりよりは心強いだろう？」

隣に並んだハーヴィーがこっそりと耳打ちしてきた。

レクシーは彼を見上げながら、一緒ならばきっと言えると頷く。

手を繋《つな》ぎ、ふたりで一歩前に出て胸を張る。

「お、お母様！　突然いなくなって申し訳ございません！　ですが私、みんながガブリエラばかりを可愛がっているのを見ているのが辛くて逃げ出してしまいたくて。ハーヴィー様はそんな私を慰めてくださったのです」

ハーヴィーの母親にも頭を下げて、本当にご迷惑をおかけしましたと謝る。

彼女はおおらかな心で、気にしなくていいのよと言ってくれた。

母はレクシーをそこまで追い詰めていたことに気付いていなかったようで、驚きながらも謝ってくれた。

そして、ハーヴィーに一緒にお礼と謝罪を言ってくれる。

ずっと、言っても仕方がない、諦めて我慢するしかないと思っていたレクシーにとって、それは思いもよらない母との和解だった。

周りの大人たちも微笑ましく見守ってくれている。

お茶会はその後すぐに解散となってしまったが、そういえばハーヴィーの言いたいことは一緒に言ってあげられなかったと思い出して聞いてみる。

「ハーヴィー様もお母様に言いますか？　手を握っていますよ？」

手を差し出して申し出たのだが、彼は首を横に振った。

「先ほどの君の言葉に勇気をもらったからね。私はそれを胸にひとりで言ってみるよ。ありがとう、レクシー。君のおかげで私は大切なことに気付けたよ」

彼はそう言ってレクシーに微笑んだ。

それは無理矢理作り出した笑顔ではない。

心からの笑顔だったのだろう。

頑張ってくださいと言って、レクシーはワディンガム邸をあとにした。

きっとこの日を、そしてハーヴィーとの出会いを忘れないだろうと、感謝をしながら。

——ところがその三日後、ワディンガム侯爵からある書状が来る。

それが、レクシーのハーヴィーへの接近を禁じるものだったのだ。

ハーヴィー本人や、その母親は許しても、父親がレクシーの無礼を許さなかった。

いや、もしかしたらハーヴィーもまた、ペンフォード家の体裁を慮って皆の前では事を荒立てずに終わらせただけなのかもしれない。

真意は分からないが、明確なのはレクシーはもうハーヴィーに近づくことが許されないということだけ。

レクシーの父は驚愕《きょうがく》のあまりに寝込み、母もさめざめと泣いていた。

ワディンガム侯爵の怒りをここまで買ってしまったのであれば、もうレクシーは貴族令嬢としては致命的だろうと。

この書状は両家のみの秘密の約束となったことが幸いして、ペンフォード家の家名に傷をつけることにはならなかったが、やはりしこりは残った。

レクシーも、もう二度とハーヴィーに会うこともなく、いや、会わないように避けて社交界を生きていくのだと思っていたのだ。

「……私が覚えている限りではこんな感じでしたが、どこに愛される要素がありました？」

「たくさんあるじゃないか。むしろ、愛される要素しかないよ」

衝撃の結婚式を終えて屋敷に帰り、食事もそこそこに初夜を迎えようとしていた二人だったが、その前に話を整理させてほしいとレクシーから申し出た。

自分の記憶に齟齬《そご》があって、何かしらの思い違いがあるのであればそれを正したいし、何よりハーヴィーに愛される理由を探りたい。

まるで答え合わせのような過去への追憶は、ますますレクシーを混乱へと導いていった。

「でも、私、ハーヴィー様に失礼なことばかりしていませんでした？　偉そうに自分もできていないことを言ったり、泣き喚いたり勝手にお膝をお借りしたり、服を汚してしまったりと……粗相《そそう》をした覚えしかありません」

自分で言っていて恥ずかしくなる。

過去の失敗ほど己を追い詰めるものはない。

「君から見ればそうだったのかもしれない。何せあのあと、父が余計なことをしてくれたからね。苦い思い出になっても仕方ないよ」

ハーヴィーは苦笑いをする。

「でも、私にとっては違う。生涯忘れることのできない大切な思い出になっている。何せ、あれで私は変わったからね」

「変わった……？」

「そう。君があのとき言ってくれたように、笑いたいときに笑うようになった。無理して笑うことなく、愛嬌を振りまくことなく、ただ自分の思うがままに生きることができるようになった」

「……え？　え？」

ちょっと待ってほしい。

レクシーは動揺する。

まさか、あのときのレクシーの言葉に従って、ハーヴィーはむやみに笑うことを止めたということなのか。

昔、あんなにも笑顔を振りまいて周りを幸せにしていたハーヴィーが、ある日突然笑うことを止めて「永久凍土の薔薇」になってしまったと皆嘆いていたが、もしかしてその原因を作ったのが……。

「私のせいですか？」

レクシーが永久凍土の薔薇にしてしまっていたなんて。

衝撃の真実に卒倒しそうになる。

「……ま、待ってください……私、ほんの子どもでしたのよ？　随分と自分勝手な言い草でしたし、幼稚な故に出た戯言《たわごと》と申しますか……いえ、あのときは本気だったのでしょうけれど。でも、それでハーヴィー様の人生を振り回すことになろうとは……」

あぁ、過去に戻れるのであれば、八歳の自分の口を塞いでやりたい。

ハーヴィーもハーヴィーだ。

何故、あんな言葉に感化されてしまったのか。

「そんなこと言わないで、レクシー。あの言葉は、私にとっては救いだった。君がああ言ってくれたおかげで、私は自分のことを好きになることができた」

落ち込み俯《うつむ》くレクシーの顔を、彼は両手ですくいあげる。

こちらを見つめるその目には、たしかに喜びと感謝の色が見えた。

本当に、レクシーのおかげだと思っているようだ。

「……ご自分のことが嫌いだったのですか？」

だが、心配な言葉が出てきて、そちらの方が気になってしまう。

好きになれた、ということは、それまでは嫌いだったということだ。

あのときのハーヴィーは、親に言われるがままに無理をして笑うことに疲れていたのだろう。ベンチに座る姿は、あまりにも辛そうだった。

レクシーの想像以上に彼の心を蝕《むしば》んでいたのだとしたら。

そう思うと遣る瀬《やせ》ない。

「笑顔は便利だった。私が微笑めば皆気分が良くなる。でもね、それと同時に面倒な連中も引き寄せるんだよ」

決していいことばかりではないと、ハーヴィーは儚げな笑みを浮かべて言う。

「たとえば、好意を持っているから自分に微笑みかけてきたのだろうと勘違いする人や、逆に私に好意を抱いて手籠《てご》めにしようと近づいてくる人も。老若男女問わず、そういう人たちが現れてね、結構大変だった」

「……そんな」

彼の笑顔はいろんな人を魅了しただろう。皆が引き寄せられて、夢中になる。

ところが、その中には不埒《ふらち》な妄想を抱き、彼の笑顔を自分だけのものにしようと考えた者がいるということだ。

「ご両親は、守ってくださらなかったのですか？」

「守ろうとしてくれていたけれどね。でも、父はそれ以上に私の笑顔に利用価値を見出していたから、守りつつも欲をかいていたといったところかな」

話を聞いていて、だんだんハーヴィーの父親に腹が立ってきた。

そんな事情があるのであれば、あのとき彼がレクシーの言葉に共感して変わったのも頷ける。

互いに、両親に不満があり、我慢を強いられて辛い思いをしていた。

レクシーはあのできごとのあとに家族で話し合ったので改善できたが、ハーヴィーの場合はそれが十分にできる環境になかったのかもしれない。

だから、子どもの戯言なんかに光を見出すようなことになったのだ。

考えれば考えるほど悲しくなってくる。

「君に言われた通りにしてみたら、煩わしさが一気に消えてね。いやぁ、自分に正直に生きるって素晴らしいね」

ところが、ハーヴィーはレクシーが思っている以上に、今の自分を謳歌《おうか》しているようだ。

その笑顔はいつも以上に爽やかだった。

「無駄に笑顔を振りまいていた分、自分に正直になったら、その反動か誰にも微笑みかけたくなくなってしまって。感情を露《あら》わにするのも面倒だから一切顔に出さないようにしたら、面白いほどに周りが遠ざかっていったよ」

だが、それもまたハーヴィーにとっては功を奏したようだ。

「勝手にあちらが遠巻きにしてくれるから、私が話をしたいときにしかする必要がなくなった上に、無駄なおしゃべりがなくなったという素晴らしい構図ができてね。『永久凍土の薔薇』と呼ばれるのも満更でもないな、と」

これほど美しい人が無表情でいれば、その迫力に気圧《けお》されて近づきがたくなるし、余計な口を開かなくもなる。

ハーヴィーが睨めば一発で相手は黙っただろう。

かの国王陛下ですらも、彼に笑顔を作らせることができないのだから相当だ。

「ただ、ひとつ失敗したのは、父が勝手に接近禁止命令なんてものを出してしまったことだよ。私がこうなってしまった原因がレクシーにあると父は考えてね。君が私に悪影響を与えたのだと勘違いしたようなんだ」

それだけが唯一の悲劇だとハーヴィーは嘆く。

ハーヴィーが父親に何を言っても聞く耳を持ってはくれず、父親は完璧にレクシーを悪者に仕立て上げていた。

「私の父は世紀の頑固者だよ。自分が正しいと思ったことしか信じられないのだから」

結局、ハーヴィーの父はハーヴィーの反論を封じ込めるために、もしもレクシーに会ったら即座にペンフォード家を潰してやると脅してきたのだと言う。

けれども、もう元の自分にも戻りたくはなく、かと言ってレクシーに迷惑をかけたくもない。

だから、レクシーと関わらない人生を歩んでいこうと決めていたのだが……。

「適齢期になって、結婚相手を探す話になったときにふと頭に君の顔が過ぎった。忘れようと思っていてもずっと忘れられなかった君の顔がね」

それから、どんな女性を見ても縁談を持ち掛けられても、レクシーに会いたいという気持ちしか募ってこない。

ただ会いたいのではなく、恋しがっているのだと気付くにはそう時間はかからなかった。

「生涯を共にする相手となると、やはり心の底から笑顔を見せたいと思う相手ではないとやってはいけないだろう？　そんな相手がいるかな？　と考えたら、やはり私は君の前だったらいつでも笑顔になれると思えたんだ」

他の女性では考えられない。

レクシーにしか微笑みたくないと。

「そうなったら、もう君しか見えなくてね。君を絶対に私の妻にすると心に決めた」

それからのハーヴィーの動きは速かった。

まずはレクシーが他の男性と結婚してしまわないように、レクシーの父に秘密裏に会い、必ず父の許しを得るので自分が迎えに行くまで絶対にレクシーを他所に嫁がせないようにと約束をさせた。

それから、最大の難関である頭の固いハーヴィーの父の説得にかかる。

やはり一筋縄ではいかず、ハーヴィーを永久凍土に変えたレクシーと結婚するだなんてとんでもないと一蹴してきた。

だが、頑固さで言えばハーヴィーもまた負けていない。

話を聞かずに去ろうとする父を捕まえ、何度でも説得にかかる。

何とか譲歩を引き出し、そして父の許可を得ようと必死になった。

結局、父の口から、領地の中でも特に寂れた街を再生できたら結婚させてやるという言葉を引き出すことに成功し、その日のうちから再生に向けて取り組み始める。

あと少しで、レクシーを迎えに行けるとなった、そのときだった。

「……君の両親が病で亡くなり、次の年には私の父も。互いに喪に服していたし、私も父の爵位を継いだばかりで余裕がなくてね。結局、迎えに来るのが遅くなってしまった」

ハーヴィーは父親との約束をしっかりと果たし、あの日レクシーの前に現れた。

待ちに待った焦がれた相手との対面のはずだった。

だからあのとき、早く会いたくて焦れてしまい無理矢理押し入るような真似をしてしまった。

さらに、ジャレッドがレクシーに結婚を迫っていると聞いて、腹が立ってしまったのだと。

「では、あの日の冷たい態度は、ただ緊張しただけではなかったということですか？」

「恥ずかしい話だけれど。でも、私が必死になってレクシーを得ようと頑張っている間に、あんな男が横槍を入れてきたと思ったら許せなくてね」

それも相俟《あいま》ってあんな態度になってしまったのだと、ハーヴィーは申し訳なさそうな顔をしていた。

しかし、まさかハーヴィーが十年も前から忘れずにいてくれていたなんて。

レクシーは、接近禁止命令を突き付けられたことによって、もう二度と会ってはいけない人だと思っていた。

だからこそ、考えないようにと頭の中からハーヴィーを追い出し、月日が経《た》つごとに思い出が薄れていったというのに。

彼は幼いレクシーの言葉をきっかけに生き方を変え、しかもレクシーを生涯の伴侶にすべく努力をし続けていた。

ただただ、レクシーに会いたいがゆえに。

真正面から迎えに行けるように、力を尽くして。

その事実を知って胸がいっぱいになったが、何と言っていいか分からなかった。

レクシーが思っていた以上にハーヴィーの想いが強くて、愛が深くて。

彼の想いにどう応えたらいいのだろうと、惑い続ける。

だって、ずっと政略結婚だと思っていたのだ。

それなのに、昔から愛していたと告げられて、どう自分の気持ちを持っていっていいのか分からない。

目の前にいる夫とどんな顔で向き合っていいのか、すぐに答えが出なかった。

「……困っているね。気持ちは分かるよ。勝手に近づくなと言われていたのに、また勝手に愛していると言ってきて……困るよね」

「い、いえ！　困っていると申しますか、混乱していて。今、頭の中で状況を必死に整理しております。最初から言っていただければ……」

また状況が違っていたかもしれないのに。

レクシーが悲しい顔で俯くと、彼は「ごめんね」と謝ってきた。

「あのとき、君を愛しているからと言って君に求婚しても、迷っただろう？　でも、君の愛を得る前に、あのジャレッドって男に掻《か》っ攫《さら》われる可能性もあった。だから、君が合理的に納得できる話で切り出したんだ」

もちろん、ペンフォードのワインも本当にほしい。

でも、何よりも誰よりも欲しかったのはレクシー自身で、絶対に誰にも渡したくなかったから多少強引な手を使ってしまったのだと。

たしかに、愛しているからと言われたら、あんなに早く答えは出せなかった。

数日後に求婚を受け入れても、ここまで早く結婚式は挙げなかったはずだ。今もなお、ペンフォード邸でガブリエラと暮らしていただろう。

ハーヴィーは一番効果的な条件をレクシーに提示した。

そして、思惑通りに誰よりも早くレクシーを手に入れることができたのだ。

「君が私を愛していないのは知っている。私をそういう目で見ていないこともね。領地やガブリエラを思って私が差し出した手を取ったことも分かっているよ」

彼は優しい声でレクシーの気持ちを代弁しながら手を取る。

「でも、これから考えてほしい。私のことを。また君の頭を、私のことでいっぱいにしてほしいんだ」

乞うようにレクシーの指先に口づけをして、こちらを真っ直ぐに見つめてきた。

「――私を愛して、レクシー」

まるで、ハーヴィーの唇から熱を送り込まれているかのようだ。

指先に熱が灯《とも》り、そして全身に駆け巡っていく。

「いや、きっと君は私を愛するようになる。そうさせてみせる」

だから、覚悟して。

私に愛される覚悟を。

ハーヴィーの言葉が、レクシーの心を揺さぶる。

「……ちょっ……まってくださ……あの……少し、待って……」

照れている顔を見られたくなくて、空いている手で自分の顔を隠した。

この人は、いくつの顔を見せてくれるのだろう。

冷たいかと思いきや明るい笑顔を見せ、今は切なげな瞳で愛を乞う。

有無を言わせぬ力強さと、つい頷きたくなるような魅力を持つハーヴィーに敵う気がしなかった。

ここ数日で見せてくれた優しさや頼もしさに、心を開きかけている自分がいる。

きっと、彼が本気で堕《お》としにきたら、誰も抗《あらが》う術もなく堕とされてしまうのではないだろうか。むしろ、耳元で抗っても無駄だよと囁《ささや》かれている気分になる。

「待たない。待ちたくないよ、レクシー。もう十分待ったんだ……これ以上は待ちたくない」

こんな強引な自分を許して。

希いながらも、するするとレクシーの心に入り込もうとしている。

動揺し、肩を竦めるレクシーを宥めるようにこめかみにキスを落としてきた。

次につむじに。

次は頬。

何故か、彼の唇の感触が心地よかった。

「レクシー」

優しい声が呼んでいる。

そっとそちらに視線を寄せて、ハーヴィーを見た。

「さて、私たちは初夜を迎える。君もそのつもりでここに来たのだろう？」

「……そ、そうなのですが……」

でも、状況が変わってきた。

あんなことを言われて、さぁ初夜だと言われてもすぐには腹を括れなかった。

ハーヴィーに愛されていると分かったら、冷静ではいられない。

「きっと、妻の義務だと思って来たのだろうね。私に義務で抱かれると」

コクコクと首を縦に振る。

まったくその通りだ。義務だからと割り切れば抱かれることも平気だと思っていた。

「義務でもいい。今日はそれでも構わない。でも、私の愛を知った今は、感じてほしいんだ、私がどれほど君を愛しているのか」

「……もう結構知ってしまった気が」

「まだまだこれからだよ。もっと知って、君をどれほど求めているのか。その身体で、その心で感じて」

心が追い付かなくなる。

――ハーヴィーの愛で溺れてしまう。

どんな風に抱かれてしまうのかと想像した瞬間、レクシーの腰が甘く疼《うず》いた。

「まずは唇にキスをするところから。……どう?」

おそらく、ハーヴィーはここで名実ともにレクシーと夫婦になるつもりなのだろう。

強引かと思いきや、こちらの許可を得て先に進もうとしてくれている。無理強いはしたくはない、できれば互いに許し合って先に進もうとしてくれているのだ。

そういうことならば、レクシーもやぶさかではない。

ハーヴィーに触れられること自体、嫌ではない。

ときおりついていけないこともあるけれども、レクシーを包み込むような彼の愛もこの身を委ねたくなるほどに心地よくなる。

きっと、唇にキスをされても、レクシーは悦《よろこ》びを覚えるだろう。

「ハーヴィー様。私はもう昔の私ではなくなりました。年を重ねるごとに道理も分かるようになり、あんな無茶苦茶なことは言えなくなりました。貴方が恋をした私とは違うかも……」

けれども、ハーヴィーの話を聞いて、懸念することも出てきた。

今のレクシーを知って、昔とは違うと幻滅されてしまうかも。

愛した人とは違うと思われてしまうかも。

あんな純粋さや無邪気さはすっかりなくなり、無難な人間になってしまった。

もしかすると、ハーヴィーにとってはつまらない人間になってしまったかもと思うと、不安にもなっていた。

「君は自分が思っている以上に昔と変わっていないよ。それにね、何も昔の姿だけを追い求めて君を愛しているわけじゃない。今の君もどういう人間かを知って愛している」

「本当ですか？」

だが、ハーヴィーはクスリと笑ってレクシーの不安を拭い去る。

再会してから、今のレクシーの人となりを見てそれでもいいと思ってくれていたのだろうか。

「目の前に現れるわけにはいかなかったけれど、遠くから眺めることができたからね。君が思っている以上に君のことを知っているよ」

「……遠くから？　見ていたのですか？　私を？」

「見ていたよ。好きな人のことは常に見ていたいものだろう？」

「……そういうものなのでしょうか」

　恋をしたことがないレクシーには分からない。

　けれども、そのときハーヴィーができる精一杯の愛情だったと考えれば、理解できるような気がする。

　レクシーがガブリエラを見守るみたいな感覚だろうか。

　正解は分からないけれど、悪い感情からきた行動ではないと理解できた。

「そういうことなら……大丈夫、です」

　だから、頷いてハーヴィーの愛を受け取る覚悟を決めた。

　義務ではなく、彼の愛を知り、レクシー自身が答えを出すために。

「ありがとう、レクシー」

　ハーヴィーはくしゃりと顔を歪めて、泣きそうな顔をする。

　額同士を合わせて見つめ合い、ゆっくりと唇を近づけた。

　柔らかな感触が唇に触れる。

　誓いの口づけのときは混乱していてよくよく覚えていなかったが、今はまざまざと感じてしまう。

ハーヴィーの唇の感触、彼の吐息の熱さ。

ぶわりと熱い何かがせり上がってきて、レクシーの身体も熱くなっていった。

「私はね、君の人間らしいところが好きだよ」

唇を離したハーヴィーは、吐息交じりで囁く。

そして、またチュッと啄《ついば》むようにキスをしてくる。

「上辺や建前を見るのではなく、私の本質を見てくれるところも愛《いと》おしくて堪らない。そんな人、君だけだ」

彼はキスをして、ひとつレクシーの好きなところを言ってまたキスをするということを続けていった。

姉として責任感が強いところが好きだよ。

自分ではなくてガブリエラを優先するところは妬《や》けてしまうけれど、でもその優しさが君らしくて好きだ。

いつでもひたむきで懸命。君を見ていると守りたくなる。

「夜会のとき、壁の花になりながらも酒を飲み過ぎた男性を介抱してあげていたことも、街に買い物にでかけたとき、町娘の格好をして心から街の様子を楽しんだり、ご両親の月命日に墓前に花を添えに行っていることも知っているよ」

「……随分といろんなところを見ていらしたのですね」

陰からとはいえ、そんなに見られていたとは。

見守ってくれていると思えば心温まるエピソードではあるが、少し怖い。

「瞬きするのも惜しいくらいに、君を見ていたいと願っていたからね」

けれども、本当に見てくれていたんだと、ハーヴィーの言葉ひとつひとつから感じることができる。

「君のコロコロ変わる表情も大好き。本当は、私にだけ見せてほしいと思うけれどもね。でも、君はきっとそれをよしとはしないだろう。君は素直だから」

こんなに愛されていいのだろうか。と怖くなるくらいに、ハーヴィーの愛は真っ直ぐで揺るぎない。

「これからも君の好きなところが増えていくんだろうね。際限なく、どこまでも」

ハーヴィーの親指がレクシーの下唇をクイっと下げ、薄っすらと開いた唇を食《は》むように深く繋がってきた。

先ほどの戯れのような口づけとは違う、もっと濃密な繋がり。

トクンと胸が高鳴った。

「……ふぅ……ンん」

ハーヴィーの肉厚で熱い舌が口内に入ってくる。中を探るように、ゆっくりと。

舌先をくすぐり、歯列を舐《な》めて、レクシーに今まで感じたことのない感覚をもたらしてきた。

それと同時に耳を親指の腹でくすぐられ、そこからも疼きが生まれてくる。

ときおり耳を指で塞がれると、口の中の音が頭に反響してゾクゾクした。何ていやらしい音を奏でているのだろうと。

知らなかった。こんなに口の中が気持ちいいなんて。

上顎や、舌の上を擦られると身体が打ち震えるほどに感じてしまう。

舌を吸われると、自分の魂ですら啜《すす》られてしまうのはないかと思えるほどにうっとりとして、思考が奪われる。

口の端から零れた涎《よだれ》に気付かないくらいに、レクシーはハーヴィーの口づけに夢中になり、酔いしれていた。

「凄く可愛い顔をしているね。……キス、好きなのかな？」

「……わか、り、ません……でも、そう……なのかも……」

言葉を紡ぐのも大変だ。

何せ息継ぎをする暇も与えられないままに唇を貪られ、空気が足りていない。息も荒いし、頭も上手く回っていない。

「私も好きになってしまいそうだなぁ。レクシーが凄く蕩けた顔をしてくれるから。目元がほんのりと桃色に染まって、紫の瞳が潤んで。私にもっとしてほしいと強請《ねだ》っているようだ」

自分が今どんな顔をしているか分からない。

ハーヴィーの言った通りの表情をしているのか、それとも誇張されているのかも。

けれども、「もっとしてほしい」という部分は正解だった。

できれば強請ってみたいけれど、やはり恥ずかしさが先んじて出てくる。女性の方から積極的に求めるなどはしたないと分かっていた。

躊躇《ためら》いがちにゆるゆると首を横に振る。

自分のはしたなさを見透かされたくなくて。

ところが、レクシーのそんな些細《ささい》な嘘などハーヴィーにはお見通しだったらしい。

彼は目を細めて、ほくそ笑んだ。

「じゃあ、強請《ねだ》りたくなるようにもっと気持ちよくしてあげる。――たっぷり奉仕してあげるね」

ベッドの上に押し倒されて、ハーヴィーが覆《おお》いかぶさってくる。

これからどうなってしまうのか、彼にどれほど気持ちよくさせられてしまうのか。

不安はあるけれども、違う意味で鼓動が速まっていくのが分かった。

「……はぁ……やはり紫にして正解だ。君の瞳の色に合わせて選んだけれど、君の黒に近いブルネットにも合う。何より美しい肌が映えるね。この形も、とても煽情《せんじょう》的で……本当、想像以上だ」

ハーヴィーの目がネグリジェを着たレクシーを余すことなく見つめてきた。怖いくらいに、瞬きひとつしない。

しかも、興奮してきたのか、心なしか息も荒くなってきているような気がする。

「は、ハーヴィー様が選んでくださったのですか……？」

このネグリジェを？　と恐る恐る聞くと、彼は「もちろん」とこともなげに返事をしてきた。

「私たちが結ばれる大事な夜のことを、他の人に決めさせるわけにはいかないだろう？ひとつひとつ私が吟味して準備したよ」

ここ三日の彼の言動と今の言葉から察するに、相当この日に向けて準備をしてきたようだ。

少々執念じみたものを感じるのは、長い年月我慢し続けてきた反動だろう。

……そう思いたい。

ハーヴィーは腰に置いていた手をゆっくりと滑らせて、レクシーの腹の上に持ってくる。

「私が決めたものを身に着けた君を、私が余すことなく美味《おい》しくいただく。これ以上ないくらいの悦びだよ」

そのための下準備ならば、労力を惜しんだりはしない。

レクシーに関することなら何でも関わりたいと願っているし、それが人生の糧だとでも言っているかのよう。

けれども、彼のその強めの独占欲が嫌ではないと思ってしまっている自分がいる。

おそらく、ハーヴィー自身が貫き通したいと思っている事柄に関しては強引でも、それ以外のことに関しては、レクシーの意見に耳を傾けようとしている姿勢が垣間見えるからだ。

「脱がせるのはもったいないね。これを着た君は、本当に綺麗だ。でも、やっぱり……」

そう言って、ハーヴィーはネグリジェを捲《めく》り上げて胸の上まで持っていく。

「互いに素肌で抱き合いたい」

それでもいいかな？　と聞いてくる彼に、レクシーは小さく頷いた。

ネグリジェが頭をすり抜けていく感触に、ふるりと背筋を震わせながら、露わになっていく身体を手で隠す。

こんなに美しい人の前に裸体を晒すことに抵抗を持ったのだが、ハーヴィーはその手すら剝《は》ぎ取った。

「隠さないで。お願い」

ハーヴィーの視線が、露わになった身体をじっくりと見つめてくる。

肌のきめひとつひとつ数えているのかというくらいに見てくる彼の視線に緊張して、

徐々に息が上がっていった。

身体が火照って、肌の下がゾワゾワする。

視線で犯されているような感覚が、レクシーを高揚させていった。

「……こうやって、君に触れる日を夢見ていた」

恋い焦がれ、ずっと求めていたと切ない声で訴えてくる。

彼の手が首筋を撫で、滑り落ちて鎖骨に。鎖骨の窪《くぼ》みをなぞっていくと、胸の真ん中に辿り着いた。

「どうしよう……幸せ過ぎて、泣きそうになる。君の心臓の鼓動を直に感じられるくらい近くにいるなんて」

トクントクン、トクントクン。

きっと、彼の手には早鐘を打つような鼓動が伝わってしまっているだろう。

ハーヴィーはおもむろに自分のローブも脱いで素肌を晒すと、身体を密着させてきた。

「ずっとこうしていたい」

胸と胸をぴったりとくっつけて、体温を分け合って。

もう二度と離れないように、ふたりで抱き合っていたい。

彼の言葉に導かれるように、レクシーもまた素肌で抱き合っていると心地よくなってきた。じんわりと体温が溶け合っていく。

（……気持ちいい）

目を閉じて、身体をまるごと包み込まれる包容感や、心が溶けていくようなぬくもりに感じ入る。

ただ、肌が触れ合うだけでもこんなに気持ちがいい。キスも脳が蕩けてしまいそうなほどに心地よかった。

もうハーヴィーに何をされても、気持ちよさを拾ってしまうのではないだろうか。

そんなことを思っていると、彼は首筋に唇を寄せて啄《ついば》んできた。

「……んっ」

くすぐったさに肩を竦めていると、また違うところを啄まれる。

ときにはそれだけではなく、舌で舐めてきたりして、まるでレクシーの肌を弄《もてあそ》ぶかのように愛《め》でてきた。

ハーヴィーの唇が触れるたびに、疼きが走る。

最初は気付けないほどに小さなものだったはずなのに、回数を重ねるごとに大きくなっていっていた。

「……ぁう……ふぅ……ぅぅン……」

声が漏れる。それが恥ずかしくて手で塞ぐと、ハーヴィーはさらに声を出せと責めるように、乳房に触れてきた。

長くてすらりとした指が、レクシーの弾力のある柔肌に食い込む。

鷲摑《わしづか》むように覆われたそれは、手から少しはみ出している。

ハーヴィーの指が動くと、乳房がそれに合わせて形を変えていく。それが卑猥《ひわい》で、肉感的で。

熱い吐息を漏らして、身体の奥底からせり上がってくる熱いものに耐えていた。

「……可愛い」

ハーヴィーが独り言のように漏らす。

その言葉を皮切りに、彼は胸に顔を埋めて舌を這《は》わせ始めた。

ざらりとした舌の感触が、胸の付け根から山の頂上に向かって這《は》い上がっていき、ときおり肉の柔らかさを堪能するように軽く歯を立てられる。

指先で胸の頂を擦って馴染《なじ》ませていくと、徐々に硬くなってきたそれを扱《しご》いてきた。

敏感な部分を巧みな動きで刺激され、レクシーはいよいよ明確な快楽に身体を揺らす。

「……ふぅ……ンんっ……んぁ」

先をキュッと摘ままれ引っ張られると、堪えきれない声が口から漏れて、さらに羞恥に追い詰められた。

舌が頂にまで及んで、指で摘まんだそれに絡みつく。

指と舌と両方に責められて、ドロドロにされて。異なる快楽に翻弄されて、レクシーは思わず口を開いた。

「……まってくださっ……あンっ……もっと、お手柔らかに……」

気持ちよすぎて怖い。

どれほどハーヴィーがこちらの快楽を引き出すのが上手いのかは分からないが、初めてでこんなにも感じてしまってもいいのだろうか。

「レクシーが感じやすい身体をしているからだよ。私がちょっと触れただけでも、可愛い顔をして感じてくれている」

決してハーヴィーが巧みに責めているからではないと言うが、俄《にわ》かに信じがたい。

こんなに見目麗しい人ならば、きっと今まで火遊びをする相手くらいはいたのだろう。手練手管はそこで培ってきたから、レクシーが翻弄されるのだと。

「私は初めてなので……できれば、ゆっくりとしていただきたいのです」

「初めてなのは私も同じだよ。君がどうすれば感じやすいか手探りでやっていたんだけれど、何をしても感じてくれるから……」

「え？」

「ん？」

レクシーはハーヴィーの言葉に目を丸くした。

「ハーヴィー様も初めてなのですか……？」

まさか、そんな。老若男女を魅了し、引く手数多《あまた》であっただろう彼が、今回が初めて？

俄かに信じがたい気持ちで瞬くと、ハーヴィーは少々ムッとした顔をしてきた。

「レクシーだけを愛して求めてきた人生だったんだ。他の女性を相手にするわけないだろう？」

「ですが、ハーヴィー様は人気がありますし、きっとお相手したいという女性はたくさんいたかと。それに、男性は……その……火遊びをするものだと聞いておりましたから……」

てっきりハーヴィーもそうなのだと思っていた。

だから、こんなに自分は気持ちよくなってしまっているのだと。

火遊び云々《うんぬん》の話は、ジャレッドが以前屋敷にやってきたときに言っていたのを覚えていたからだ。

首筋に口づけの痕を残したままやってきたジャレッドは、それに気付いて気まずそうな顔をしたレクシーに言ったのだ。

『男は結婚前に火遊びくらいするものだ。嗜みだよ、嗜み』

当然かのように言われて、そういう知識に疎いレクシーはふしだらなと思いながらも、ジャレッドの言葉を頭に擦り込んでしまっていた。

ところが、ハーヴィーは違うと言う。

どれほど言い寄られようとも誘われようとも、レクシーだけを想い、それらを振り払ってきていたと。

「……も、申し訳ございません……とんだ勘違いを……」

「そんな勘違いをしてしまうほどに、気持ちよかったということなのだろうけれど……でも、心外だなぁ。こんなにレクシー一筋なのに、火遊びをしていたと思われていたとはね」

ハーヴィーの笑みに圧のようなものを感じて、レクシーはさぁ……と顔色を失くす。

むやみに人をこうだと決めつけてはいけないと分かっているのに、何故そんな先入観を持ってしまったのか。

申し訳なくて何度も謝った。

「ちなみに、男は火遊びをすると君に教えたのは誰？」

「……ジャレッドです」

「……あの男」

声がスッと低くなり、一瞬、ほんの一瞬だが永久凍土が顔を出した。

だが、すぐに笑顔に戻り、レクシーの胸元に手を滑らせる。

「──分かった。じゃあこれから君にとことんまで教え込もう。どれほど私が君しか欲しくないかとか、ジャレッドのような男とは違って一途《いちず》なのか、とか」

「あ、あの、申し訳ございません……もう分かっておりますから……」

今の顔を見れば嫌でも分かってしまう。

レクシーはただ、胸の中に生まれたモヤっとしたものを解消したかったのだ。

もしも、彼のテクニックが他の女性と培われたものだったら嫌だなと。

まさか、こちらを窺いながらも試行錯誤をして手管を変えていた結果だとは露知らず、失礼なことを言ってしまった。

「君が怖がるようなことはしないよ。ただ、その身体をくまなく味わうだけだからね」

「あ、味わう……？」

どういうことかと意味を図りかねていると、ハーヴィーはレクシーの手を取って指先に舌を這わせてきた。

「ひぁっ」

指一本一本を丁寧に舐《ねぶ》り、指の間に舌を挿し入れて。

言葉通り、くまなく味わっていく。

それは手だけにとどまらず、腕や耳や先ほども味わったはずの胸、さらに腹にも及んでいった。

もう十分思い知ったというのに、ハーヴィーは脚にまで矛先を向けて舌を滑らせていく。

「……っ……まって……そこは……ンぁ」

ついには足先にまで辿り着き、あろうことかつま先に口づけたのだ。

夫に、しかも侯爵にそんなところに口づけられるなんて、あまりの倒錯的な光景に眩暈《めまい》がしてきそうだ。

「そ、そんなところまで……」

声を震わせながら言うと、顔を上げてこちらを見てきたハーヴィーの頬は上気していた。

「君はつま先も愛らしいのだね。本当、いつまでも愛でていたい……」

足に頬擦《ほおず》りしながら褒めてくれるが、こちらはもうそれどころではない。恥ずかしさで涙が零れてきそうだった。

いけない、このままでは羞恥で死んでしまう。ハーヴィーが満足する頃には自分の心臓が止まってしまうかもしれない。

再び足に口づけようとしていた彼を見て、レクシーは押《お》し留《とど》めにかかった。

「ハーヴィー様！　お気持ちは十分伝わりました！　伝わりましたから……その、しょ、初夜の続きをしませんか？」

「これも初夜の一部だけど？」

曇りなき眼で言われて、ウッと言葉を詰まらせたが、レクシーは怯《ひる》んではいられなかった。

この国随一の美しさを誇る人が自分の足を舐めている姿をこれ以上眺めていたら、卒倒してしまう。

女性が積極的なのは恥。けれども今はそんなことは言っていられなかった。

「……早く、ハーヴィー様と……本当の意味で夫婦になりたいと思いまして……」

もう先に進みましょうとレクシーの方から切り出すと、ハーヴィーはパッと顔を明るくした。

「そうか！　そうだね！　私もレクシーと名実ともに夫婦になりたいよ」

レクシーから積極的な言葉が出てきたことが嬉しかったのだろう。

ハーヴィーは声を弾ませて頷いた。名残惜しい気持ちがあるのか、足を撫でているが。

「まずは、レクシーができれば痛くないようにここを解していこうね」

脚を割り開き、間に指を挿し入れてきた彼に、レクシーは首を横にブンブンと振る。

「……もう触るのは十分ですから」

そういう意味で言ったのに、さらに触られてしまうとは。

レクシーはどうぞこのまま最後まで突っ走ってくださいませと訴えた。

「ここだけはしっかり解さないとダメだよ。君が痛がる姿を、まぁ見たくないかと言われれば少し見たい気がするけれど、でも苦しめたくはないからね」

秘裂を指の腹で撫で、ゆっくりと上下してきた。

「それに、私との情事は痛くて辛いものだと思ってほしくない。気持ちよくて、幸せなものだと思ってほしいから」

「……ンぁ……ぁ」

指を馴染ませるように撫でられていたそこから、蜜が滲《にじ》み出てくるのが分かる。徐々に濡《ぬ》れた音が聞こえてきていた。

「すでに随分と濡れているね。私の愛を受け入れて、感じてくれていたということかな？　そうなら、嬉しいよ」

秘裂を開かれ、すでにしとどに濡れているそこを見たハーヴィーがはぁ……と熱のこもった息を吐きながら言ってくる。

もう誤魔化《ごまか》しようがないほどに秘所を濡らしてしまっていると知っていたレクシーは、身体中を真っ赤に染め上げた。

ハーヴィーに触れられると、気持ちよくなってしまう。

もし、それが彼の愛を受け入れているということなのであれば、そういうことなのだろう。

こちらの様子を窺いながらも、ゆっくりと指を中に挿入《い》れてくる優しさも、「身体の力を抜いて」「そう、上手だよ」と褒めてくれるところも。

ハーヴィーの愛が溢れているような気がして、心が揺さぶられる。

だが、蜜の滑りを借りてもそこは狭いらしく、一気にとはいかなかった。

それでもハーヴィーは根気強く、丁寧に身体の中を開いていく。膣《ちつ》壁を擦り、隘路《あいろ》を広げながら徐々にゆっくりと。

最初違和感に身体を硬くしていたレクシーも、ハーヴィーの言葉や指の優しさに誘われ力が抜けていった。

すると、擦られるたびに快楽が生まれていっていることに気が付く。

肉壁がそれに呼応するようにうねり、ハーヴィーの指に絡みついてきた。

「……中、凄く熱いね」

彼の上擦った声が聞こえてくる。

早くここも味わいたいと瞳の中に欲を滾《たぎ》らせているも、それでもハーヴィーは焦ることなく指をもう一本増やした。

「……ひぁっあぁ……ンあぅ……あぁ……っ」

ぐるりと中を掻《か》き回され、抜き差しされて。愛液がぐちょぐちょと卑猥な音を奏でて。

レクシーの官能が容赦なく煽《あお》られていく。

膣壁のある箇所を擦られると、頭の中に電撃が走ったかのような快楽が生まれて腰を捩《よじ》った。

こちらの様子をつぶさに見ているハーヴィーがその反応を逃すはずもなく、そこを執拗《しつよう》に責めてくる。

「……あぁっ！　……ふぁン……あぅ……ひぅっ……ンんっ」

　肌の下がゾワゾワとして、秘所から迸《ほとばし》る快楽を敏感に拾っていた。おかげで、四肢にいたるまで快感に震えている。

「このまま指でも達してしまいそうだ」

　フフフと微笑むハーヴィーは、親指で肉芽を弄《いじ》り始めた。

　そこもまた、強烈な快楽をもたらす箇所だったらしく、あられもない声を上げてよがってしまう。

　熱の塊のようなものが下腹部に集まり、ハーヴィーが指を動かすたびに膨れ上がっていっていた。

「……ひぁンっ……そんな……まって、くださ……」

「これは待ってあげられないかな。一度達せば、楽になるらしいから達しておいた方がいい。ほら、もっと私の指を感じて」

　耳元で息を吹き込まれるように囁かれて、レクシーの下腹部はキュンと啼《な》く。

　きゅうきゅうと指を締め付けてもっとと媚《こ》びるそれに、彼が嬉しそうに微笑んだのが分かった。

　その瞬間、身体を焦がすほどの熱がせり上がってきて、快楽を弾けさせる。

「……あぁンっ！　……あぁ、……あっあっあっ……あぁーっ！」

腰がビクビクと痙攣《けいれん》し、何度も何度も驟雨《しゅうう》のように快感が押し寄せる。頭の中が真っ白になってしまうほどの衝撃がレクシーを襲った。

「……凄い……レクシー……君が達する姿を見ただけで、私も果ててしまいそうだったよ」

恍惚《こうこつ》とした顔をしているハーヴィーが、自分のいきり立ったそれを手に持つ。

ようやく余韻が弱まって余裕が出てきたレクシーは、薄眼を開けてそれを見ると、太くて長い剛直が天を向いていた。

穂先がピクピクと震えていて、汁が滲み出ている。

ハーヴィーの美しい顔に似合わないくらいに凶悪なそれに、レクシーはドキドキした。

「誰よりも深く結ばれようね、レクシー。離れることがないように、君の奥深くに私を刻み付けてあげるよ」

レクシーの脚の間に自分の身体を挿し入れて、蜜口に熱杭《くい》を押し付けてきたハーヴィーは、それを上下に動かしながら滴る蜜を絡ませる。

くちゅ……と音を立てながら挿入ってくる屹立《きつりつ》を、レクシーの秘所は吸い付くように受け入れ始めた。

「……んぁっはぁ……ンぁ……あぁ……っ」

大きくて熱くて膣の中が火傷《やけど》してしまいそう。

そう思えるほどに熱を伴った屹立は、中をめりめりと穿《うが》っていく。

どれほどハーヴィーが解して柔らかくしてくれても、蜜が滴ろうとも、破瓜《はか》の痛みは消せないものらしく、痛みに喘《あえ》ぐ。

いや、そんなもので消せないくらいにハーヴィーの屹立が大きいのだろう。

むしろ、この程度の痛みで済んだことに彼に感謝すべきなのかもしれない。

もう挿《い》入れてほしいと強請《ねだ》ったレクシーを押しとどめ、じっくりと解してくれた。

そうしてもらわなかったら、今頃痛みに悶絶《もんぜつ》していたに違いない。

「大丈夫？　レクシー」

浅く息をして、挿入の感覚に耐えているとハーヴィーが心配そうに見つめてきた。

言葉にはできずに首を縦に振ると、彼は労わるようにこめかみにキスをしてくる。

「もう少し……」

もう少しで全部レクシーの中に挿入《はい》る。

優しい声でそう教えてくれたハーヴィーは、レクシーを見下ろしながら腰を動かした。

大きなものが身体の中を突き上げていく。

奥まで屹立が到達すると、何故か泣きたくなった。

言いようもない、温かなものが胸に溢れる。喜びに近いかもしれない。

「……ハーヴィー様」

ギュッと抱き締めてくれる彼の背中に手を回す。

「……うん……ありがとう、レクシー」

お礼を言われるなんて。妻として当然のことなのに。

けれども、きっと彼は今は「妻だから」とは考えてほしくないのだろう。

レクシーとして受け入れてくれたことに感謝をしてくれているのだ。

「動くよ」

また頷くと、ハーヴィーの屹立が中を擦り始める。

ゴリゴリと膣壁を抉《えぐ》るように、狭い道を広げて馴染ませるように。

指で弄られるよりも擦られる箇所が多く、快楽を得やすい。加えて、先ほどの絶頂が尾を引いているのか身体が敏感になっている。

腰の動きが大胆になっていくごとに、レクシーの啼き声も大きくなっていった。

最奥を何度も突かれ、突き上げられて。それでも快楽を得られる頃には、秘所はトロトロに蕩けて屹立を締め上げていく。

「……あぁ……あンっ……あぁンっあぁ……ふぁ……」

痛かったはずなのに、今はもう気持ちよさしか感じられない。

ハーヴィーが打ち付けてくる腰も、身体を抱き締めてくれる腕も、宥めるようにキスをしてくる唇も、愛おしそうに見つめてくる瞳も。

すべてがレクシーが愛おしいと訴えかけてくるような気がして。

ただ、気持ちいい箇所を弄られているから感じるのではない。

ちょっと妄執的で変質的な愛ではあるものの、レクシーを心から大切にしてくれて、求めてくれていることが分かるから、こちらもまた応えたいと思えてしまう。

ハーヴィーの愛が否応《いやおう》なしにレクシーの気持ちを高揚させ、身体をも引っ張り上げていた。

「……好き……好きだよ、レクシー……レクシー……」

熱い吐息とともに情熱的な愛の言葉を口にするハーヴィーは、さらに激しくレクシーを揺さぶってくる。

こちらのすべてを奪うかのような激しさに快楽をどこまでも追い上げられ、再び絶頂の兆しを見せてきていた。

「愛している」

愛に溺れそうというのは、こういうことなのだろう。

もう胸がいっぱいになるほどに愛の言葉を告げられて、身体に教え込まれて。

レクシーの中で何かが変わってしまいそうなほどに、心を揺さぶられて。

それでもハーヴィーは愛を注ごうとするのだ。

それこそ、尽きることのない愛を。

「……受け取って、私の愛を。そして私を愛して……レクシー……」

願いを込めてハーヴィーはキスをしてきた。

舌を絡ませて吐息すらも混ぜ合わせて。

ふたりで高みへと昇っていく。

「……んンっ！　ふぅ……んんンぁ……ンーーっ！」

「……っぁ……うくっ」

レクシーが快楽の塊を弾けさせたのに続いて、ハーヴィーも小さな呻《うめ》き声を上げて吐精した。

屹立がドクンドクンと脈打ち、それに合わせて何度もレクシーの中に精を注ぐ。

レクシーも絶頂の余韻に喘ぎながらも、自分の最奥にハーヴィーの子種が入ってくるのを感じていた。

「……あぁ、レクシー……大丈夫だったかい？　辛くはなかった？」

レクシーの顔を両手ですくい、額同士をくっつけながら聞いてくる。

気遣わしげに覗き込む彼の顔は、欲をそそるほどに色っぽかった。

汗など掻《か》かないだろうと思っていた彼の額に、雫《しずく》が伝っているのを見たからだろうか。

レクシーが抱かれているときに乱してしまった彼の髪の毛が、情事の生々しさを伝えてきたからだろうか。

直視することが難しくて、ぎゅっと目を閉じた。

「だ、大丈夫です」

今は、貴方の美貌の方が目に毒ですと言ってしまいそうなところを押し留める。

「よかった……」

安堵している声が聞こえてきて、チュッと額にキスをされた。

「理性的でいるのが大変だったからね。いつ暴走して君に無体を働いてしまうかと、心配はしていたんだ」

随分と理性的だったように見えたが、どうやら内心戦っていたようだ。

我慢をしてくれていたのだろう。

もし、彼が身勝手に動いていたら、レクシーは今こんなにも地に足がつかないような心地になっていなかったかもしれない。

「でもなかなか難しいね。君は可愛らしい反応を見せてくれるどころか、煽ってもくるのだから。……本当、レクシーはいつだって私を惑わせる」

「それはこちらの台詞《せりふ》です……」

惑わせるのはいったいどっちなのか。

こちらも散々ハーヴィーに振り回されたような気がする。

「ねぇ、レクシー。今日から私と君は夫婦として一緒に暮らしていくことになるのだけれど、生活していく中で考えてほしい。私を愛せるかを」

ハーヴィーの手によって身体を清められ、再びベッドの上に横たわったレクシーの前髪を弄りながら彼は言ってきた。

「私の愛を知っただろう？　もちろん、こんなものではないけれど、それでも私が君をどれほど愛しているか分かったはずだ。その上で、君の心の中に私を住まわせてくれるか、考えてみて」

妻の義務として側にいるのではなく、レクシーが心からハーヴィーを望んで隣に立つことができるかを考えてほしい。

愛は、義務ではなく権利だ。

レクシーの中に夫を愛さないという選択肢もあるだろう。形だけの夫婦で生涯を共にすることもできる。

だからこそ、ハーヴィーはレクシーに愛されたいと願う。

妻だから当然だと立場を使って権力を振り回すのではなく、選択肢はあるけれどもそれでも選んでほしいと希う。

強引かと思いきや、こういうところでは殊勝なハーヴィーがいじらしい。

レクシー以外の人にはあんなに冷たいくせに、それすらも忘れてしまうほどにレクシーだけにはひたすら甘いのだ。

「……真面目に考えてみます」

今すぐに答えを出すことは難しい。

でも、予感は少しずつしていた。

彼に人として惹《ひ》かれ始めていることを。

レクシーを好き過ぎるハーヴィーの愛は重いけれど、それが不思議と嫌ではないと思っている。

「君が私を愛しても愛してくれなくても、心から大事にすることを約束するよ。きっと私の愛は生涯変わらないだろうからね」

揺るぎない愛で包まれるのは、嬉しくて心地よくて。

レクシーはハーヴィーの言葉を頭の中で噛み締めながら、頬を染めた。

赤く染まった顔を見られたくなくて枕に顔を埋める。

政略結婚で夫になったはずのハーヴィーの重すぎる愛を知った初夜は、レクシーにいろんな感情を植え付けてしめやかに幕を閉じた。

第三章

「……あら？」

レクシーはハッと目を覚まし、辺りを見渡した。

随分と部屋の中が明るい。

もしかして寝過ごしたのかと飛び起き、急いでベッドを下りようとした。

ところが腰が怠《だる》くてあらぬ場所に違和感を覚え、結局起き上がることができずにベッドに再び突っ伏した。

隣で寝ていたはずのハーヴィーがもういない。

きっと彼はいつも通りに目を覚まして執務に向かったのだろう。

優しい彼のことだ、昨夜体力を使ったレクシーを心ゆくまで寝かせようとしてくれたのだろうと、直接聞かなくても容易に想像できた。

再会してまだ日が浅いが、そのくらいは分かるようになってきている。

ハーヴィーの甘さは際限がないのだ。

それでも、いつまでもそれに甘えて怠けているわけにはいかない。

（……思ってみれば、こんなにゆっくり眠ったのは久しぶりかしらね）

両親が亡くなってから、それこそ方々に手が回らないくらいに忙しかった。

要領がいい方ではないので、使用人たちにメモを残すようお願いするくらいにやることが山積みで、翌日の仕事が気になって熟睡もできていなかったと今では思う。

サイドテーブルにあった呼び鈴を鳴らし使用人を呼ぶと、すぐにやってきてくれた。

実家では使用人を大勢雇う余裕もなかったので、呼び鈴を鳴らしても待たされることは常だったが、さすが侯爵家と言うべきだろう。

「おはようございます、奥様。よく眠れましたか？」

「はい、ありがとうございます」

こちらが言わなくてもてきぱきと朝の支度を手伝ってくれる。

何もしないでいることが申し訳なく思えるほどの働きに、レクシーは目を丸くしながら差し出された服に袖を通した。

「ハーヴィー様はもうお仕事に行かれたのですか？」

「いいえ、ガブリエラ様つきの教師が今日からお越しになられる予定ですので、そちらの立ち合いをされています」

「そうですか……」

ハーヴィーの卒のなさに本当に感服してしまう。

こちらの心配の種を先んじて潰しては、安心させてくれるのだから。

レクシーを好いてくれるのはもちろんのこと、レクシーが大切に思っていることに対しても真剣に向き合ってくれる。

ガブリエラはレクシーにとって、何があっても守らなくてはいけない命よりも大切な弟だ。

昔は嫉妬してハーヴィーの前で泣き喚いたりもしたが、年の離れた弟が可愛くないわけがなかった。

両親の遺した想いを受け継ぎ、ガブリエラを立派なペンフォード伯爵にするという目標は今のレクシーにとってすべてだ。

ひとりでは成し得ないと身に沁《し》みて感じたときに口惜しくもあったけれど、手を差し伸べてくれたのがハーヴィーでよかったと思っている。

「私もあとで顔を出そうかしら」

「あ、それならば旦那様が……」

使用人が何かを言いかけたときに、バンと寝室の扉が勢いよく開かれた。

何ごととそちらを振り返ると、ハーヴィーがずかずかと部屋の中に入ってきた。

「ご苦労。あとは私が」

使用人に冷ややかな声で言うと、彼女は静かにお辞儀をして去っていった。

再びパタンと扉が閉まる音がするのと同時に、ハーヴィーの冷たい顔が一気に蕩ける。

「残念。目を覚ますとき側にいたかったのに」

レクシーの頬を撫で、先ほどとは違った温度の通った声で残念そうに言う。

「できれば寝顔をずっと見ていたかったけれど、用事があってね」

「聞きました。ガブリエラの先生が来られるので立ち合いをされていたのですよね？　こちらこそ、遅くまで休ませていただきありがとうございます」

何から何まで申し訳ないと頭を下げると、ハーヴィーはギュッと抱きすくめてくる。

「謝らないで。昨日は私のせいで無茶をさせてしまったしね」

「……あ」

昨夜の情事がふと頭に浮かび、頬を染める。

無茶をさせられたといえばたしかにそうだが、それも承知の上で抱かれたので何とも言えなかった。

我慢して受け入れたわけではなくて、むしろ自ら招き入れた部分もあって。

こうして抱き締められていることにも、よく分からない心のむず痒《がゆ》さを感じている。

「朝食を一緒に食べよう。ここに持って来させるから」

「まだ食べていないのですか？」

聞けばもうお昼近くだ。

先に起きていたのなら、食べていてもおかしくない時間なのに。

「君と一緒に食事できる機会を逃すわけがないだろう？　それに、ともに迎えた朝に食べる食事だから、一緒に食べたくて」

空腹など感じないくらいに、それだけを楽しみにしていた。

ハーヴィーは微笑みながら、歯の浮くような言葉を与えてくれる。

（……胸がおかしいくらいにドキドキしている）

昨夜のことがあったからなのか、ハーヴィーを見ていると不用意に胸が高鳴る。

ハーヴィーが言葉をくれると、心がそれに呼応するように熱くなる。

これは恋に近い感情なのだろうか。

自分の中で答えを探るも、上手く正解が導き出せなかった。

色恋に疎かったこともあり、人が集まる場所で男性の集団を見つけて近づくこともできなかった。

そこにハーヴィーがいるのではないかと思うと、どうしても避けがちになっていたのだ。

結婚相手を探そうと男性を意識するようになっても、人気がないせいで話しかけてこられないし、何よりレクシー自身が結婚相手に情ではなく利益を求めていた。

異性として意識するよりも、いかにガブリエラのために動いてくれるか。その一点だけで男性を見ていた気がする。

優しい言葉もかけられたことがない。

むしろ異性でまともに話したことがあるのは、ガブリエラとジャレッドくらいのもの。

男性に不慣れであるのはもちろんだが、ハーヴィーの言葉はストレートで、こちらが何重にも壁を作ってもそれを突き破ってくるからたちが悪い。

「では、一緒に食べましょうか」

彼の優しさにこちらも返したいと思ってしまうのだから。


「勉強はどう？　ガブリエラ」

遅めの朝食を一緒に済ませると、ハーヴィーは身体がまだ辛いだろうから今日は部屋で一緒に過ごそうと提案してくれた。

もちろん気遣いは嬉しかったのだが、どうしてもガブリエラが気になってしまった。

それはあとでと断ったあと、勉強が休憩になる頃を見計らって部屋に会いに行く。

「姉上！」

先生と話をしていたガブリエラは、レクシーがやって来るのを見るや否や、まるで太陽のような笑みを見せてくる。

ハーヴィーの笑顔も美しいが、ガブリエラの笑顔も可愛らしい。

自分の周りが笑顔で溢れていることが、幸せに思える。

両親が亡くなって以降、ガブリエラはどこか遠慮がちで笑顔も元気がなかったような気がしていた。

こんなに顔を崩して満面の笑みを見せてくれたのはいつぶりだろう。

それもこれも、ハーヴィーが最適な環境を与えてくれたからだ。

ハーヴィーが、レクシーの幸せをたくさん作ってくれている。

「凄いのですよ！　本がこんなに！　それに、先生も分かりやすく丁寧に教えてくださるので、僕本当に楽しくて！」

レクシーが先生に挨拶をし終わったのを見計らって、ガブリエラが興奮気味に飛びついてきた。

ハーヴィーが用意してくれた環境がどれほど素晴らしいか、招いてくれた先生の知識がどれほど豊富で感銘を受けたか。

目を輝かせ、声を弾ませて教えてくれるガブリエラの姿は、レクシーがずっと見たかったものだ。

「よかったわね、ガブリエラ」

嬉しくて、涙が出てきそうで。

ついついガブリエラをギュッと抱き締めた。

「あ！　ハーヴィー様！」

しみじみとガブリエラと喜びを分かち合うように背中を擦っていると、不意に彼がレクシーの背後に目を向けて声を上げる。

ちょうどハーヴィーの顔を思い浮かべていたレクシーはビクリと肩を震わせて、後ろを振り返った。

「今、姉上にお勉強の話をしておりました！　先生との授業もとても楽しかったです！本当にありがとうございます！」

「それは何よりだ。どこまで学べるかは君次第だ。両親と、そしてレクシーに恥じぬように励むといい」

「はい！」

永久凍土の氷を溶かすような明るさでガブリエラはお礼を伝えるが、ハーヴィーは一切動じない。

相変わらずな冷ややかさをもって答えていた。

ハーヴィーは先生に今日の授業の進み具合や、ガブリエラの素地はいかほどのものなのかを聞いている。

その間、姉弟水入らずで話をしていると、ふとガブリエラが耳元に口を寄せて内緒話をしてきた。

「あの、姉上とハーヴィー様は『蜜月』というものなのでしょう？　使用人の皆さんが邪魔をしないようにと言っていたので、僕のことは気にせずおふたりで過ごしてくださいね」

「ガブリエラ！」

まさか幼い弟からそんな言葉が出てくるとは思わず、慌てふためく。

使用人たちが気遣ってくれてのことだろうけれど、何も弟にまで言わなくてもと恥ずかしくなった。

「大丈夫です。僕、当分は勉強に夢中になっているでしょうし、ここの使用人の方々も優しくてよくしてくれています。だから、姉上は今まで苦労した分、好きなことをしてください」

何ていい子なのだろう。

姉を慮ってここまで言ってくれるなんて。

照れ臭さはあったが、ガブリエラの気持ちをありがたく受け取りお礼を言う。

勉強の邪魔をしてはいけないと、ハーヴィーとふたりで部屋を出ると、途端に彼が手を繋いできた。

「先ほど、ガブリエラと何を話していたの？　内緒の話をしていたようだけれど」

「えっと……自分は頑張るので、私には好きなことをしていてほしいと」

蜜月云々の話はさすがにできずに話を端折《はしょ》る。

ハーヴィーは「そう」と納得したような言葉を口にしていたが、顔がそうではないと物語っていた。

「君たちは本当に仲がいい」

「ふたりだけの姉弟ですから。両親亡きあとは、手に手を取って苦労をともにしてきましたしね」

「……私がもっと早く迎えに行ってあげられたらよかったのだろうけれど」

「そんな！　今でも十分よくしてくださっていますから！　それに、お父様との約束を果たそうとしてくださっていたのでしょう？」

その上でこうやって迎えに来て、妻に迎えてくれたのだからこれ以上のことはないだろう。

むしろたくさんしてもらい過ぎて、どう返していいか分からない。

「改めてありがとうございます、ハーヴィー様。今ある幸せはすべてハーヴィー様のおかげです」

握られた手を強く握り返す。

「君を幸せにするために私がいるからね。当然だよ」

当然のことなんてこの世にはないのに、彼の言葉は揺るぎない。

「さて、ガブリエラの様子も確認したことだし、今度こそ私と過ごしてくれるかい？　君が不足して倒れてしまいそうだよ」

「ほんの少し離れただけですよ？」

大袈裟なと笑おうとすると、ハーヴィーは目を細めて艶《つや》めいた顔をしてきた。

「一度味を知ってしまったら、何度でも求めてしまう。美味しいものというのはそういうものだろう？　特に中毒性のあるものは手離せない」

含みのある笑みや言葉は、夜の色香を思い起こさせる。

――今日も抱かれてしまうのだろうか。

レクシーは少し緊張しながら、部屋へと戻っていった。


ところが、そんな緊張も空振りに終わり、その日はふたりでゆっくりと部屋で過ごした。

その日だけではない。

次の日も、また次の日も同様にふたりで他愛《たあい》のない話をして過ごした。

ときおりガブリエラの様子を見に行き、屋敷の中を散策し、お茶と菓子をいただきながらまた話をする。

夜は夜で、同じベッドに横たわりながらも誘われることもなく、眠るだけで夜を過ごす。

蜜月というくらいだから、てっきり毎晩営むものと思っていたので、拍子抜けしてしまった。

相も変わらずハーヴィーは優しくとことん甘いが、軽いキスをしてくるだけでそれ以上のことは雰囲気すら出さない。

あれだけ情熱的だった初夜がまるで嘘のように思えた。

「……それで、あの、これは何ですか？　ハーヴィー様」

釈然としない状況が続いている中、ハーヴィーが人を呼んでいるから一緒に見ようと言われて応接間へと行くと、そこには豪奢《ごうしゃ》なドレスやアクセサリーが並んでいた。

部屋で待ち構えていたのは、商人と仕立屋。

明らかに女性ものしかなく、レクシーのために彼らを呼んだことが分かる。

もしかして、これ以上また何かを贈ろうとしてくれているのだろうか。

レクシーは自分のためにそこまで金を使わせられない、もう十分ガブリエラでお世話になっているのにと止めようとした。

ところが、今回ハーヴィーはむやみにプレゼントを贈ろうと商人と仕立屋を呼びつけたのではないらしい。

「知り合いの夜会に招かれていてね。私の最愛の妻をお披露目する絶好の機会だろう？　君の最大限の魅力を引き出すようなものを一緒に選びたいと思って」

「夜会……」

苦い思い出しかない夜会ではあるが、今度はワディンガム侯爵夫人としてハーヴィーと一緒に出席することになる。

壁の花ということにはならないだろうが、彼の隣に並ぶのは別の意味で緊張してしまいそうだ。

「愛する君が、私があつらえたものを身に着けて綺麗になっていく。考えただけでゾクゾクするよ」

……もう何も言うまい。

ハーヴィーは純粋にレクシーのために思ってやってくれているのだ。その中に彼の欲が混じっていたとしても、それはそれとして割り切っておくしかない。

それに、ハーヴィーが望んでくれるのであればという気持ちもあった。

「ただね、首飾りだけは結婚式のときにつけていたブルーアンバーにしてほしい。レクシーが私を想って選んでくれた、大切な宝物だからね」

あの首飾りをしたとき、いたく感激をした様子で「家宝にする」と言っていた。

当時は緊張を解きほぐすための冗談かと思っていたが、ハーヴィーは本気だったのだろう。

「分かりました。では、首飾りに合わせたドレスを作らなければいけませんね」

「そうだね。レクシーならば、どんな色でも似合うと思うのだけれど、温かみのある色がいいかな。君の笑顔はまるで太陽のようだからね」

どちらが太陽なのか。

レクシーにしてみたら、今こちらに向けられている笑顔こそ太陽のようだ。

「いいものを作りましょうね」

一緒に決めようと言ってくれて嬉しかった。

もちろんプレゼントも嬉しいけれど、こういうのも悪くない。

レクシーとハーヴィーで話し合い、仕立屋と商人の意見も聞いて、流行を取り入れて雰囲気に合わせて。

なかなか決まらなかったが、ああだこうだと話している時間が楽しかった。

その日だけではすべては決まらなくて結局何回も打ち合わせをし、それらすべてにハーヴィーは同席してくれて一緒に決めてくれた。

仕事も忙しいだろうとこちらが遠慮しようとすると、彼はそれを許してくれない。

「楽しみを奪わないで」と切実そうな顔で言われれば、何も言えなかった。

蜜月が終わり、レクシーも本格的に家政を取り仕切るようになってから暇はあまりなくなったが、それでもハーヴィーの忙しさの比ではない。

無理をさせてしまっているのではないだろうかと家令にこっそりと相談すると、心配ないと返された。

「旦那様はとても優秀な方です。ご自分ができる範囲を心得ております。それに、奥様と一緒にいる方がやる気が満ちてとても仕事がはかどるのでしょうね」

家令もまた、ハーヴィーのやる気の素《もと》を奪ってやるなと言ってくる。

最近は特に調子がいいようだから、どうかそれに付き合ってやってくれないかと。

「もちろん、奥様がお嫌でしたらそれはお伝えした方がよろしいでしょうが」

「いいえ、嫌ではないの。無理をさせたくないだけ」

好きで一緒にいたいと言ってくれるのは嬉しいが、無理をして身体を壊してしまったら元も子もない。

「旦那様の場合、奥様と離れていた方が具合が悪くなりそうですけどね」

ハーヴィーはこの家令に対しても笑顔を見せないが、それでも彼の性格を把握できるほどに信頼をし合っているのだろう。

ハーヴィーが何か分からないことがあれば家令に何でも聞くといいと言っていたのは、何もそういう立場だからというだけはない気がする。

周りを見ても、同様にこの屋敷の使用人たちは冷たい態度を取るハーヴィーを怖がっている様子はなく、篤《あつ》い信頼を寄せているように見えた。

実際に接している場面を目にしても、ハーヴィーは冷ややかな態度ではあるものの言葉は労《いたわ》りと信頼が滲《にじ》むものだ。

人として尊敬できるところが多くて、いつも感心してしまう。

態度は違えども、彼の本質は誰に対しても変わらない。

ただ、レクシーに対し好意が過剰なだけで。

それを分かっているから、屋敷の人間はレクシーとハーヴィーの様子を微笑ましく見てくれていた。

レクシーもいつの間にか慣れて日常になっていく。

だから忘れてしまっていたのだ。

外に出ると、自分たちがどう見られるのかを。


「レクシー、私から離れないでね。できれば私だけを見ていてほしいな」

「……え、えぇ……そうですわね……」

そうは言われても、この刺すような無数の視線に耐えられそうにない。これを無視してハーヴィーだけを見ていろというのは難しい話だ。

「ほら、もっとこっちに寄って。今日の君はいつにも増して美しいのだから、フラフラしていたら危険だ」

けれども、ハーヴィーはいつも通りの態度でレクシーに接してくる。

これが屋敷の中であればもう気にはならなかったが、今は招かれた夜会の最中。周りにはたくさんの人がいる。

そんな中で、『永久凍土の薔薇』と人々に言わしめた、冷徹な男・ハーヴィーが新妻に対して笑顔で甘い言葉を贈っているのだ。

他の人からすれば、天変地異が起こったかと思うほどの驚きだろう。

会場中の視線がふたりに注がれ、あのハーヴィーが……と啞然《あぜん》とする。自分が見ているものは夢ではないかと目を擦り、頰をつねる者までいた。

居た堪れない。

何と居心地の悪いことか。

残念なことにそう思っているのはレクシーだけで、ハーヴィーは視線などお構いなしにこちらに笑顔を振りまく。

幼い頃から注目の的だった彼にとっては些末《さまつ》なことかもしれないが、ずっと壁の花であったレクシーにとっては違う。

見られることがこんなにも苦痛だったなんて。

ハーヴィーの後ろに隠れて視線から逃れたい気持ちをどうにか押し留めた。

もう自分がどう見られているのか知るのも怖い。

ハーヴィーとふたりで考えて決めたドレスは、薄桃色のバッスルスタイルのものだ。

オフショルダーネックで襟ぐりの部分はレースで飾られている。

首飾りは約束通りブルーアンバーのネックレス。少々飾り気が足りなくて、大きくデコルテが開いたこのドレスには物足りないだろうと、宝石を加えて華美にした。

腰はキュッと細く、お尻の部分は腰の上に幾重にも布を重ねて膨らませている。そうすることによって、スタイルの良さを強調するのだ。

スカートの後ろに垂れ下がったロングトレーンには精緻な刺繍が施されており、レクシーが動くたびに優美さを演出する。

それだけではなく、スカートにも刺繍とビジューが縫い付けられているために、足元が煌《きらめ》いているようにも見えた。

ふたりで考え、プロの意見も取り入れて入念に準備をした今日の装い。

きっと大丈夫だと自分に言い聞かせて、胸を張ってここに来たが、大量の視線に晒された途端にその自信が萎《しぼ》んでいった。

どれほどめかしこんでも綺麗になっても、元がレクシーなのだから意味がないのではないかと思うほどに怯《おび》えてしまう。

だが、ハーヴィーはそんなレクシーに囁くのだ。

「皆が君の美しさに驚いているよ。一緒に選んだかいがあったね」

全く見当違いのことを。

「おそらく皆さん、私ではなくハーヴィー様に驚かれているのだと思います」

ハーヴィーの笑顔に、レクシーへの態度に。

「私にかい？　私なんかより、レクシーを見てほしいのに」

「ハーヴィー様の笑顔は珍しいですから」

「私の笑みなど昔と違って何の価値もないだろうに」

そんなことを思っているのはハーヴィーだけだ。彼はどれほど自分が目立つのか自覚していないのだろうか。

彼がレクシーの耳元で囁くたびに、辺りがざわつく。

甘い言葉を口にするたびに歓声と悲鳴が湧き起こり、微笑めば感嘆の溜息がそこかしこで聞こえてきた。

夜会の主催者に挨拶に行ったときも、相手がハーヴィーのデレデレぶりに目を丸くしていたくらいだ。

長い付き合いだと紹介されたが、それでも主催者も彼のこんな顔を見たことがなかったのだろう。

「君はそんな顔ができたのだな」

驚愕と困惑を滲ませながら主催者が言った言葉は、おそらく会場にいる誰もが心に思ったもののはずだ。

動揺が収まらない中、夜会は幕が上げられ、食事や酒、話に興じる。

今までハーヴィーが現れそうな夜会は避けていたので、彼が普段どのように振る舞っているかは分からないが、それでも遠巻きにされているのは分かる。

話しかけたくとも、いつもと様子が違う彼に何と声をかけていいか分からない様子だ。

ところが、ハーヴィー自らが知り合いを見つけて声をかけようと近づくときは、宿っていた体温が一瞬で消え失《う》せるかのように冷たい表情になる。

話しかけられても同じ。

永久凍土の薔薇のハーヴィーがそこにいて、それにも皆驚いていた。

妻だけに笑顔を見せるのだ。

そう皆が悟ったら、またレクシーに視線が集まる。

あのハーヴィーをここまで蕩けさせるなんてどんな人物なのだと、好奇心に溢れた視線が。

彼が話をしている間、隣にいたが、居心地の悪さは拭えない。

しかも、突然結婚したふたりの馴《な》れ初《そ》めを聞かれたとき、ハーヴィーが無表情で淡々とした口調で惚気《のろけ》るのだ。どれほどレクシーとの結婚を望み、ずっと待っていたのかと。

表情と言葉の温度差にまた周りの目が点になっていて、会場中がハーヴィーひとりに振り回されていた。

はじめはその状況に困惑し気まずい思いをしていたレクシーだったが、ここまでくると面白くなってきた。

今日、ハーヴィーはどこまで人々を驚かせるのだろう。

その驚きを皆は他の人と共有するだろうし、噂はあっという間に広がる。

ハーヴィーの変貌は当分の間は話題の中心になりそうだと、レクシーは心の中で笑う。

本当、凄い人を夫に持ったものだとくすぐったくなった。

「ハーヴィー様、少し休んでもよろしいですか？　すぐそこの椅子に座っております」

とはいえ、大量の視線に晒されて疲れを感じてしまっていたレクシーは、知り合いと話をしているハーヴィーに声をかけて休む旨を伝えた。

すぐ側にいるからこちらは気にしないで話してほしいと言うと、後ろ髪が引かれているような顔をしながらも、「分かった」と言ってくれる。

侯爵としての立場もあるし、仕事の話も尽きないはずだ。

レクシーなりの気遣いでもあった。

「君も疲れただろう。少し休んでいて。すぐに終わらせるから」

頬にキスをして、レクシーがすぐ側の椅子に腰をかけたところを見届けると、彼はまた話に戻っていった。

水を口に含みながら、レクシーはぼうっとハーヴィーの姿を見つめる。

（……恐ろしくなるほどに美しい人）

改めて見ると、彼の凄さが分かる。

どれほどの耳目を集める存在か、どれほどの人の心を惹きつけてやまないか。

――そして、どれほど自分が彼に愛されているかを。

分かっていたはずなのに、周りの反応を見るとさらに自覚してしまい照れてしまう。

火照りそうな頬を冷ますために手を当てていると、ふいに頭の上に影ができた。

「こんばんは」

顔を上げると、そこにはひとりの男性がいた。

見覚えがある顔だったけれど、どこで会ったか分からない。

首を傾げて思い出そうとしたが、引っ掛かりはあるものの答えは出なかった。

「覚えていますか？　俺、以前酔っ払って貴女《あなた》に介抱してもらったのですが」

そう言われて、ようやく思い出したレクシーはアッと声を上げる。

たしかに以前そんなことがあったし、顔も何となく覚えている。そのときは随分と酔っ払って顔が真っ赤になっていたが。

「あのときはお世話になりました。よくよくお礼も言わずに去っていったことをずっと悔やんでいて」

「そんな、お気になさらず。あのときは酔っていらっしゃいましたし」

その割には、転倒した彼を起こし、水を差し出すとそれを奪ってさっさとどこかに行ってしまっていたが。

去り行く彼の後姿を見ながら落ち込んだことを思い出す。そんなに迷惑だったのかと。

あまりいい思い出ではなかったので気まずい。

今さら何の用だろうと、逃げ腰になりながら話に耳に傾けた。

「本当はちゃんとお礼を言いたかったんだけど、君があのレクシー・ペンフォードだと気付いてね。それで思わず逃げてしまった」

「え？」

レクシーは思わず目を丸くした。「あの」とはどういう意味なのだろうと。

「ようやくハーヴィー様と結婚したんだろう？　よかったよ、丸く収まってくれて」

「それはどういう……」

「君に近づこうとする男は皆、ハーヴィー様に睨まれたりしていたからね。俺たちの中で君は見ても触れてもいけない高嶺《たかね》の花《はな》になっていたよ」

ハハハと楽しい思い出のように彼は語るが、レクシーは話についていけずに頭に疑問符だけが浮かぶ。

ハーヴィーに睨まれていたとはいったいどういうことなのだろう。

「あの、もしかしてハーヴィー様が何か？」

「あぁ、知らないの？　てっきりもう知っているものだと思っていた」

男性は噂好きなのだろうか。レクシーが知らないと知るや、嬉しそうな顔をして教えてくれた。

「ハーヴィー様は、いろんな男たちに君に近づかないようにと牽制《けんせい》して回っていたんだよ」

ある男はレクシーに話しかけたあとにハーヴィーに呼び出されて、二度と話しかけないように約束させられた。

ある男は、レクシーに不埒な真似を働こうとあとをつけていたところをハーヴィーに捕まり、家諸共《もろとも》潰された。

ある男は、ある男は。

彼が話を繰り出すたびにいろんなエピソードが出てきて、目が点になる。

自分が知らない間に、ハーヴィーは随分と暗躍していたようだ。

しかも、陰ながら守ってくれていたことも知り驚愕する。

遠くから見守っていたとは言っていたが、それだけでは収まらないことをしていたなんて。

「それで、レクシー・ペンフォードに手を出すとハーヴィー様の怒りを買うから近づくなというのが俺たちの中での共通認識になって、あのときもこんな場面をハーヴィー様に見られたら殺されると思って逃げたんだ」

これでようやく合点がいった。

ずっと女性として魅力がないのはこちらの努力不足だと思っていた。

それでもあまりの避けられようで、嫌われているのではないかと不安になっていたのだが、まさか裏でハーヴィーが男性たちをレクシーに近づけないようにしていたとは。

ずっと、父親との約束の手前、レクシーに会いに行きたくても会いに行けなかったと言っていた。

その代わりに周りを牽制するという極端な行動に出たのだろう。

ハーヴィーらしいと微笑むべきなのか、やり過ぎだと腹を立てるべきなのか。

彼の気持ちや苦労も知っているため、複雑だった。

「ようやく君たちが結婚したと知って、もう君に話しかけても大丈夫かなと思ったから、あのときのお礼を言いに来たんだけど……」

「――私の妻に何か用か？」

男が何かを言いかけたところで、氷点下の冷たい声がそれを妨げた。

レクシーも驚いたが、男性の方は驚きを通り越して顔から血の気が引いていた。

「い、いや、その、お、奥様に、以前お世話になったお礼をと……」

カタカタと震えている。

それもそうだろう。

ハーヴィーに冷ややかに睨み付けられたら、誰だって怯えて震え上がる。

「覚えている。去年、泥酔して転倒したところをレクシーに助けてもらったあげくに、お礼もろくに言わずに去っていったろくでなしだろう?」

「……よくご存じで……はい……そのろくでなしです……」

レクシー本人すらも忘れていたのに、何故その場にいないはずのハーヴィーが知っているのだろう。

おそらくどこかで見ていたのだろうけれども。

「あ、あのぉ……俺はもうお礼を伝えたので退散しますね……」

男は、怒れるハーヴィーから逃げるように去っていった。

介抱したときと同じくらいの素早さで逃げていく彼の後ろ姿を見送り、次にハーヴィーに目を向ける。

彼はレクシーの視線に気が付いて、こちらを見下ろしニコリと微笑んだ。

「……随分と私の知らないところで、いろいろとしていたようですね」

「彼にどんなことを聞いたか分からないけれど、私にとっては必要なことだったよ」

臆面もなくそう言ってのける彼は、レクシーの隣に腰を下ろす。

「もうお話はいいのですか?」

「妻が他の男に話しかけられている姿を見たら、話どころではなくてね。早々に切り上げた」

どうやらよほど強引に切り上げたらしい。先ほどまでハーヴィーと話をしていた紳士たちが、名残惜しそうに見ている。

「それで？　彼にどんな話を聞いたの？」

「ハーヴィー様が、私に近づこうとしていた男性を牽制していたというお話を。……中には陰ながら不埒な方から守ってくださっていたとも」

知らなかった話ばかりだった。

衝撃を受けたし、彼ならやりそうなことだと納得しながらも呆《あき》れつつ、それでもハーヴィーなりに守ってくれていたのだと思うと胸が熱くなる。

「私、夜会に行っても誰にも誘われないのは、自分にそういう魅力がないからだと思っておりました。ですが、ハーヴィー様が手を回していたからなのですね」

「ごめん。君にそんな風に思わせてしまったのは申し訳なく思っているよ。でも、私もなりふり構っていられなくてね」

会えない間に、他の男にレクシーを掻っ攫われては適《かな》わない。

ハーヴィーはただその一心だったのだろう。

少々やり過ぎではあるとは思うが、彼がいかに必死になってくれていたのかも側にいて分かっているので否定的なことは言えなかった。

彼の愛の重さを思い知ったと思っていたが、まだまだだったようだ。

「もう昔のことなので責めるつもりはありません。それに、もう結婚したのですから、牽制する必要はありませんでしょうし」

そもそも、おそらくハーヴィーのことがなくても、レクシーはそこまで男性から人気がある方ではない。

ハーヴィーが買いかぶり過ぎているのだ。

それに結婚したのだから、人妻に手を出そうとする人もそうそういないだろう。

レクシーはそう思っているのに、何故かハーヴィーから賛同の言葉が出てこない。

微笑んだまま黙ったままでいる。

「……ハーヴィー様？」

「牽制しないのは無理な話かな。自覚がないのはなかなかに困ったものだけれど、私の妻は世界で一番可愛らしいからね。他の男の目に晒されていると思うだけで気が気ではなくなる」

「だから、それはハーヴィー様の欲目と申しますか！　……貴方だけですよ、そんなことを言ってくださるのは」

きっと他の人はレクシーに目もくれない。

それにレクシー自身だって、他に目を向けることはできないだろう。

この目の前にいる、愛が重めの美貌の夫で手がいっぱいだ。よそ見することすら許してくれない。

「欲目ではなくて、世界で一番君の魅力を知っているのは私だからだよ。レクシーから目が離せなくなる気持ちは、誰よりも知っている」

だから全力で守るし、牽制もする。

決して生涯終わることのない使命のように、ハーヴィーの意志は揺るぎない。

「ハーヴィー様が私の知らぬ間に守ってくださっていたこと、やり方はどうあれ感謝しています。できれば今後はお手柔らかに」

「でき得る限り善処しよう」

「一応確かめておきたいのですが、もしかして最初に我が家に乗り込んだのもわざとですか？　ジャレッドから守るために」

また笑顔のまま黙したハーヴィーを、レクシーは胡乱《うろん》な目で見つめる。

まさかとは思ったが、そこまで見ていたとは。

「ジャレッドとのことは屋敷内でのことです。どうやって知ったのですか？」

公の場であれば、陰から見守ることはできるだろう。

だが、屋敷の中はどうしたって無理だ。

それなのに、何故彼はタイミングよく乗り込めたのか。

何より、レクシーがジャレッドに結婚を迫られているという情報をどこで仕入れたのだろうか。

様々な疑問を投げかけると、ハーヴィーは平然とした顔で言ってみせる。

「君の屋敷に人を送り込んでね。何かあれば私に連絡がくるようになっていた」

「いつの間に？　だ、誰を？」

「使用人の男だよ。新人の、ひょろりとした背格好の男がいただろう？」

いた、たしかにいた。

彼がハーヴィーの手先だったとは。しかも、屋敷の中を監視させていたとは。

「新たな話を聞くたびに驚かされます……」

「君が驚くようなことはもうないよ」

「そうでしょうか」

また新たな真実がポッと出てきそうで怖い。

レクシーは小さく溜息を吐いて、驚愕に次ぐ驚愕で生まれた疲れを流した。

「……呆れたかな？　私のことが嫌になった？」

ハーヴィーは申し訳なさそうな顔をしてこちらを見てくる。

弱気な言葉を漏らすなど、彼らしくない。

隠していた真実をレクシーに知られて、焦燥感に駆られたのか。

常に迷いなく言葉をくれる彼が惑うのは、レクシーがどう思ったのか気になるからだろうか。

自分がハーヴィーの心をそこまで揺さぶるなんて。

（嫌になんてならない）

不思議な話だが、嫌悪感も勝手なことをしてという怒りも出てこない。

むしろ、聞けば聞くほどに、レクシーの中にハーヴィーへの淡い思いが生まれいずる。

もしも、彼が見守ってくれていたことに気付いていたら、何かの拍子に出会うことができていたら、もっとこの気持ちが明確なものになっていたかもしれない。

これを何と言おう。

口にするのは簡単だけれど、ハーヴィーは上辺だけの言葉は望んでいないだろう。

ほしいのは、レクシーの心からの言葉。

早く答えを出したいと思うけれども、わずかな思いを手掛かりに答えを出すのは怖かった。

誠実さは忘れずにいたい。

これまでは、ハーヴィーに流されるだけだったが、これからは自分で動いて考えなければ。

もうそれをするべき時期だろう。

「大丈夫ですよ、ハーヴィー様」

レクシーがそう言うと、ハーヴィーは心から安堵したような顔をする。

そんな彼がいじらしく可愛いと思えてしまうほどに、レクシーの心は惹かれていた。

◇◇◇

「先日、先生が教えてくださいました。貴族の間では結婚したら新婚旅行というものに行くのが今の流行《はや》りだそうです。姉上たちは行かないのですか?」

ある日のガブリエラの夕食時の言葉だ。

いつものように勉強はどうかと聞いていたところで、思い出したかのように話し出したのだ。

「旅行……」

食事を終えたあとに再びその話を思い出して、ぽつりと呟《つぶや》く。

レクシーも聞いたことがあった。

新婚旅行を経て夫婦の仲がさらに深まったとか、非日常を楽しめてよかったとか、見知らぬ土地へ行って人生が豊かになったとか。

先に結婚したご婦人たちが、夜会で話をしていたのを聞いていた。

話を聞いていた周りの人間は羨ましそうに声を上げていたが、かくいうレクシーも羨ましかった。

日常から抜け出して、見知らぬ土地で食事や風景を楽しむ。

どれほど心が豊かになるだろうと想像していた。

思わず目が輝き、ぜひ行ってみたいと心が弾んだ。

けれども、ハーヴィーが行きたいと言ってくれるかどうか。

仕事が忙しいのはもちろんだろうが、旅となれば何日も馬車に揺られて行くことになる。

それを億劫《おっくう》と思う人は少なからずいるはずだ。

彼も億劫と思う人なのか、それともレクシーと同じように楽しめる人か。

「ハーヴィー様、先ほどガブリエラが言っていた新婚旅行なのですが」

目の前で食後のお茶を啜るハーヴィーに、期待を込めた目を向けた。

すると、彼はフッと耐えきれないとばかりに笑う。

「君のその顔。聞かなくても分かるよ。行ってみたいんだね、旅行に」

「実はそうなのです。以前ご婦人から新婚旅行の話を聞いて、私もいつかと思っておりました。で、ですが、ハーヴィー様もお忙しいでしょうし、旅がお嫌いならば、私は別に……」

語尾が小さくなる。

行きたいけれど、ハーヴィーの迷惑になるような我が儘は言えない。

彼はレクシーの願いを何でも叶えてくれようとするが、それに何でも甘えるわけにはいかないのだ。

「レクシー、ダメだよ」

やはり、忙しいのかそれとも旅が嫌いなのか。ハーヴィーは眉尻を下げる。

当然よね……と、心の中で落胆し、彼の前ではしゃぐようなみっともない真似をしなくてよかったとホッとした。

残念だったけれども。

「そうですよね。ダメ、ですよね」

「ダメだよ。ちゃんと私におねだりしてくれないと。一緒に新婚旅行に行きたいって」

「……え？」

「見てみたいな。君が可愛らしく私におねだりをする姿を」

いつもの調子でハーヴィーがレクシーに捲し立てる。

「いろんなレクシーの姿をこの目に焼き付けてきたけれどね、まだおねだり姿は見たことがないんだ。だから見てみたいと思って」

こうやって、レクシーの新たな顔を模索して、見たことがない顔だとうっとりとしながら眺めることが、彼にとっては何よりの至福のようだ。

『こんなに近くで君の表情を見られるのは、私にとって幸せなことだよ』

いつだったか、彼がレクシーに言った言葉だ。

遠くからでは分からなかったレクシーの表情の機微を、その目で見たくて仕方ないらしい。

（なるほど、今回はおねだりなのね）

もう慣れてしまったレクシーは、ハーヴィーがこんなことを言っても冷静に対応できるようになっていた。

椅子からスッと立ち上がり、椅子に座るハーヴィーの横へと足を運ぶ。

彼の右手を取って、自分の胸の前で両手で包み込むように握り締め、上目で見つめた。

「私、ハーヴィー様と一緒に旅行に行きたいです。――行ってくださいますか？」

おねだりというものが、これで本当にいいのかは分からないが、おそらくこんな感じなのだろうと見よう見まねでやってみた。

真似ではあるが、本心からの言葉でもある。

だが、ハーヴィーは何故か顔を手で覆い天を仰いだ。

「……あぁ……どうしよう……君のおねだりは結構危険かもしれない」

危険？　そんなにおねだりが下手だっただろうかとおねだりの難しさに唸《うな》っていると、不意に抱きすくめられた。

「あの、もしかして思っていたおねだりとは違いました？　私なりに頑張ってみたのですが……」

「むしろ、私の想像以上だ。懸命な面持ちといい、甘えようとして頑張って、それでも上手く甘えられずに中途半端に甘くなってしまった声や、照れくさそうな顔。どれをとっても可愛らしいという言葉では収まらないくらいの愛らしさだったよ」

どうやら大成功だったらしく、成功しすぎて悶絶していたようだ。

「喜んでいただけて何よりです」

ここまで喜ばれるとは。相変わらずこの人は大袈裟だと苦笑いしてしまった。

「君に甘えられたらどれほど嬉しいだろうと想像していたけれど、これほどまでに嬉しくなるとはね」

「甘えられるのが嬉しいのですか？」

レクシーは怪訝《けげん》な顔をする。

どちらかと言うと、甘えが許されない立場だった。姉だからと自立した精神を求められることが多く、そのことについて十年前もハーヴィーの前で泣きじゃくったくらいだ。

あれから、自分の意見を両親に伝えることはしていたが、甘えることはできなかった。

そういうことをされては困るのだと思っていたし、大人になってまでする人がいるとは思えない。

「嬉しいよ。私は君をデレデレに甘やかしたい。十年前の君を思い出すと、今でもあのとき甘やかしてあげたかったと後悔している」

だから、再会した今はさらにそう思うのだと言う。

「君はね、頑張り屋さんだから、私に甘やかされるくらいがちょうどいいと思わないかい？」

「……今でも十分甘やかされていると思うのですが」

これ以上甘やかされたら、ダメになってしまうのではないかと恐怖するくらいには甘やかされている自覚はあった。

「まだまだ、こんなものじゃない。会えなかった期間、君を見つめることしかできなかった間、こうしてあげたいああしてあげたいという気持ちだけは積み重なっていたからね」

ハーヴィーはレクシーの背中を撫でながら、嬉しそうに目を細めた。

積み重なっていったものを昇華できる今は、とても幸せなのだとでも言うように。

「それで、旅行はどこに行きたい？　希望はあるかな？」

行きたい場所は何か所か候補はあった。

話を聞いたり本を読んだりして思いを馳《は》せていて、今でも行きたいという気持ちは強い。

でも、今は自分の欲よりも、優先したいことがあった。

「ハーヴィー様は？　ハーヴィー様は行ってみたい場所はないのですか？」

「私かい？」

　彼は片眉を上げる。

「いつも私の意見ばかり聞かれて、ご自分は二の次でしょう？　でも私は、貴方が何を考えているか知りたい。ハーヴィー様を知りたいです」

　だから、まずは小手調べに行きたい旅行先を知りたい。

　これからハーヴィーのことをいろいろと知って、彼がどういう人なのかを探っていきたいと思っていた。

　レクシーが知っているのは、彼がレクシーを好き過ぎるということと、優しいということ。

　領主として優秀で、屋敷の人間からの信頼が篤く、態度が冷ややかながらも社交界で人気を得るくらいに人望があるということ。

　それだけでも十分だと思うのだが、ふと思ったのだ。

　ハーヴィーの好きなものは？　嫌いなものは？　苦手なことは？　趣味は？　将来の展望は？

　もっともっと、深いところまで知っていきたいと。

「私を知りたいと思ってくれているの？」

「もちろんですよ。だって、ハーヴィー様は私のことを何でも知っておいでですが、私はまだまだ知らないことが多いですもの」

また、こういう理由も根底にあった。

一方的に知られているのは不公平ではないかと。

これからはレクシーがハーヴィーを知っていく番だ。

知って、自分の中に芽生えたハーヴィーへの淡い想いをもっともっと明確なものにしていきたいのだ。

「なら、ワディンガム領に行ってみるかい？　あそこは私の原点だ。私を知るのであれば、うってつけの旅行先だと思うけれど」

「いいですね！　行きたいです！」

ハーヴィーの原点、彼の故郷。詳しく知るには領地以上の場所はないだろう。

一緒に行っていろんな話を聞きたい。

「楽しみです！」

ワクワクする。考えるだけで胸がときめいて、旅の先に何が待っているのだろうと想像しては顔がにやけてしまう。

楽しい旅行にしたい。

自分が楽しむだけではなく、ハーヴィーも楽しめるようにしたいと心から思う。

「レクシー、君が私を知りたいと願ってくれたこと、本当に嬉しいよ。それだけでこの旅行は価値がある」

「私にとっても、とても大切な旅行になりそうです」

ハーヴィーの背中に手を回す。

以前は抱き締められてもこの手の行き先を見失っていたが、最近は背中に回すことに躊躇いがなくなった。

変わっていく、レクシー自身が。

怖いけれど、嫌ではない変化。

愛されて求められて、ガブリエラを立派に育てるという目的だけで生きてきた自分の中に、他の価値があるのだと訴えかけられているような気がして。

姉ではない自分にどんな価値があるかは分からないが、そんな自分になってみたいとも思う。

きっと、ハーヴィーと一緒ならもっと好きな自分になれるはずだと。

「出発はいつにします?」

「すぐにでも。仕事の調整をして、ガブリエラの勉強のスケジュールを確認したら、領地の方にも先触れを送ろう」

出発は十日後になった。

ワディンガム侯爵領の主要都市であるガリテは港町だ。

我が国有数の交易地であり、他国から入ってくる交易品が飛び交う商業地区でもあった。

それが、ワディンガム侯爵家の潤沢な資金源であり、確固たる地位を揺るぎないものにしている。

馬車に三日間揺られ、ようやく見えた街並みにレクシーは客車の小窓を開けて、顔を乗り出した。

「何の匂いかしら」

「磯《いそ》の香りだよ。海が近い証拠だ」

窓から出した顔を引っ込めて、ハーヴィーの方に顔を向ける。

「磯の香り……聞いたことがあります。海は塩辛いのでしょう？　その香りがするらしいのですが、なるほどこれがそうなのですね」

「海は初めて？」

「ええ！　ペンフォード領は内地なので山はあっても海はなくて」

これだ、レクシーが求めていたワクワクは。

旅行先でしか見られないもの、知らなかった未知の世界。この目で見て知ることは、何て楽しいのだろうと胸が弾む。

「太陽の光が海に反射して、キラキラしています。……凄く綺麗」

もう一度窓の外に視線を送り、海から目を離すことができなかった。

この世界に、こんな綺麗なものがあるなんて。

さらに町に近づくと、また新たなものを見つけることができた。

レンガ造りの家、停泊する船の数々、異国の人、露店の賑《にぎ》わい。

白い鳥が海の上を飛んでいて、何と言う名前の鳥なのだろうと興味を持つ。

目に映る何もかもが、レクシーにとって輝かしいものだった。

「あれが我が家だよ」

レンガ造りの家が山なりになり、その頂点にそびえ立つのがワディンガム家の屋敷だとハーヴィーが教えてくれた。

その権力を象徴するかのように、同じレンガで作られた建物ではあるものの色が他と様相が違う。

町並みは赤や茶色のレンガで埋め尽くされているのに対して、ワディンガム邸は真っ白なレンガでできていた。荘厳な雰囲気が漂い、見ているだけで圧倒される。

「馬車は街中を通ります？」

「いいや、人がごった返しているからね。そんな中をたとえ領主の馬車であろうとも通ったら、怒られるだろうね」

「そうですよね」

街を避けるように屋敷に向けて一本道があり、そこを通っていくのだと言う。

浮かれすぎて当たり前のことを聞いてしまい、恥ずかしくなった。少し落ち着きを取り戻さなければならないだろう。

ソワソワと心が落ち着かないけれど、どうにか腰を落ち着けようとした。

「屋敷に着く前に、街に行ってみるかい？」

「いいのですか？」

「もちろん。以前もよく街に降りて楽しんでいただろう？　ここでも同じように楽しむといい。それに私も久しぶりに行きたい」

そういえば、両親が亡くなる前に、街にお忍びで出て散策していた姿もハーヴィーに見られていたのだと思い出す。

久しぶりの町散策に胸が躍る。

「ありがとうございます！」

少し歩くが、街の入り口で降ろしてもらい、一旦馬車には屋敷に戻ってもらった。

荷物を下ろしたあとにまた迎えに来てもらう手筈《てはず》を整え、その間ふたりで街を楽しむ。

「お手をどうぞ」

差し出してくれたハーヴィーの肘に手をかけ、ともに歩き始めた。

「いろんな国の言葉が聞こえてきます」

「異国の商人が絶えず入れ替わり立ち替わりやってくるからね。私も興味本位で何か国かの言葉を覚えてみたけれど、会話までいくと大変だよ」

だからこそ、様々な国の商人と取引をしている領民たちは素晴らしいのだとハーヴィーは語る。街に降りるたびに学ぶことが多いと。

「よく街に降りるのですか？」

「机の上で書類を見るだけでは分からないことは多い。目で見て肌で感じることが大事だというのが父の教えでね」

その考えに賛同し街を散策するようになったが、案外性に合っていたようで今もなお続けている。

ハーヴィーの父親の話は、レクシーへの接近禁止命令を出したときの話が中心で、他にはあまり聞いたことがなかった。

ハーヴィー自らが口にすることはないし、そうであるが故に、あまりいい感情を持っていないのかもしれないと、レクシーも聞くことを躊躇《ためら》っていたのだ。

故郷の磯の香りが亡き父親への想いを思い起こさせたのか。

いつになく饒舌《じょうぜつ》だった。

「お父様とは仲が良かったのですか？」

「よく分からないな。父から学ぶことはたくさんあったけれど、想いはよくすれ違っていた。最後まで分かり合えたかは……自信がない」

「でも、お父様との約束を律儀に果たそうとしていたところに、ハーヴィー様のお気持ちが表れているような気がします」

レクシーと会わないという約束は、父親が死んだあとに破ってしまっても咎《とが》める人は誰もいなかった。

それでも父親と取引をした寂れた町の復興を成し遂げ、それからレクシーを迎えに来たのは、やはり父親への尊敬の意があったからだろう。

亡きあとでも不誠実なことはできないと。

「そうかな」

「そうですよ。きっと、お父様も天国でそれを見て喜んでいると思いますよ」

「……ありがとう」

眉尻を下げ、泣き出しそうな顔をするハーヴィーは、どこかホッとしているように見えた。

「本当は、父に君を私の妻として紹介したかった。認めてもらって、心から歓迎してほしいと望んでいた。きっと父も君の純真さやひたむきさを知れば、好きになっていただろうに」

「なら、代わりに街の人たちに紹介してください。私もハーヴィー様のように、これからお世話になる領地の方々と触れ合ってみたいです」

亡きハーヴィーの父親のためにできることは、レクシーがワディンガム侯爵家の嫁として立派に務めを果たすこと。

彼の想いを知り、信念を理解して、手を差し伸べてその心を包み込む。ハーヴィーの心を守ることが、父親が望むところだろう。

ハーヴィーを変えてしまったレクシーから守るために、接近禁止命令を出すくらいの人だ。

「そういうレクシーの優しさが大好きだよ。いつだって私の心に恵みを与えてくれる」

「私も、ハーヴィー様の優しさが好きですよ。温かくて包み込んでくれるほどに大きくて、安心できます」

「永久凍土の薔薇と言われる私が温かい？」

「もしかして、そう呼ばれるのはお嫌ですか？」

「いいや、案外気に入っているよ。薔薇というのは少々言い過ぎなきらいがあると思うけれど、永久凍土というのは言い得て妙だ」

意外だ。あの渾名《あだな》をハーヴィーが気に入っていたなんて。

やはり旅に出てよかったと彼の横顔を見て思う。

非日常は心を解放し、いつもだったら聞けないであろう話も聞くことができた。

「貴方の温かさを知るのは私だけなのでしょうね」

「君からそんな言葉が出るなんて、これはいい兆候だね。もっともっと私に愛されている自信を持ってほしい」

商人たちの露店が立ち並ぶ光景が見えてくる。

店先に並んでいるのは、野菜や果物だけではない。工芸品や織物、よく分からない銅像を置いてある店もあった。

王都でも似たような光景を見ることができるが、並んでいるものは物珍しい品物ばかり。見ているだけで異国の風を感じてしまう。

レクシーはいろんなところに目を移し、楽しんでいた。

「おや、ハーヴィー様じゃないですか！　あぁ、今はもう領主様か！　お久しぶりです！」

そんなとき、ハーヴィーに気さくに声をかけてきた男性がいた。

露天商のひとりなのだろう。店先から笑顔でこちらに手を振ってきていた。

「久しぶりだな、ジャック」

ハーヴィーの方も露天商を知っているようで、片手をあげて近づいていった。

「妻を故郷に連れてきた」

「おぉ！　噂の奥さんですかい？　さっそく連れてきてくれて嬉しいですよ！」

領主と領民の間柄にしては随分と親しい。だが、それはハーヴィーが足繁《あししげ》く街に降りて彼らと交流を重ねた証拠だろう。

ジャックはハーヴィーに対して満面の笑みで話しかけているが、対してハーヴィーは無表情。それでも朗らかに続く会話は、傍《はた》から聞いていて微笑ましい。

「妻のレクシーだ。レクシー、こちらはジャック。ガリテの商会を取り仕切っている」

「初めまして、ジャックさん。これからどうぞよろしくお願い致します」

丁寧に頭を下げて、ジャックに敬意を示す。

彼が商会の会長ということは、ワディンガム家を支えてくれている人々の代表だ。それだけではなく、ハーヴィーのよき友なのかもしれない。

心なしか彼の表情がいつもより和らいでいる。

「ペンフォードの葡萄を使ったワインを、他国への輸出品の目玉にできないかと相談したところ、ジャックが動いてくれた」

「そうなのですね！　本当にありがとうございます」

後日改めて、ジャックがワインがどのように他国へと送られていくのか、どの国に人気なのか、売り出し方などを説明してくれるようだ。

「ハーヴィー様がおっしゃる通り、ペンフォードの葡萄は香りが高くて甘みがある。口当たりの良さが大人気ですよ」

ハーヴィーに提示された取引条件だった。結婚をするための。

けれども、それがワディンガム領とペンフォード領のどちらにも利益を本当にもたらすことができたと知れて嬉しくなった。

ことあるごとにハーヴィーと結婚することができて、彼が迎えに来てくれてよかったと心から思う。

ガブリエラの笑顔が増え、領地も潤い、レクシーもよく笑うようになった。

「嬉しいです、本当に。ハーヴィー様のおかげで皆の心が豊かになっています」

ジャックとはまたゆっくり話そうと言い残し、ハーヴィーとともに街を練り歩いた。

行く先行く先でハーヴィーは声をかけられ、結婚を祝福される。

レクシーも妻として紹介され、いつの間にか人だかりができていた。

祝福の声が鳴りやまない。

異国の人たちもはじめこそ何ごとかと騒めいていたが、徐々にお祭り騒ぎに乗ってきた。

祝いの品を幾人にも贈られ、持ちきれないほどになる。

騒ぎを聞きつけた領兵がやってきて輪の中から助け出してくれたが、抜け出したときには髪の毛がぐしゃぐしゃになっていた。

けれども、レクシーは笑っていた。

声を出して笑っていて、凄く楽しかった。

――そしてハーヴィーも。

彼がこちらを見ながら声を上げて笑っている。

その笑顔を見るだけで、泣きたくなるほど嬉しくなった。

「こんなにたくさんの贈り物をいただけるなんて驚きです」

「皆、君を心から歓迎してくれているという証拠だ」

屋敷に着くまで笑顔が絶えず、部屋の中に入ったあとは貰った贈り物をひとつずつ手に取りふたりで話した。

椅子に座って話していたはずなのに、夢中になり過ぎていつの間にか床に座り込んで話をしていた。

レクシーが見たことがない異国の品もあり、これはどこの国のなんという物なのかをハーヴィーが教えてくれる。

さすが彼は博識で、最初はどこの国の工芸品か分からないような素振りをしても、描かれている紋様を見て正解を導き出していた。

歴史にも精通しており、聞く話すべてがレクシーに感銘を与える。

「私、最近思うのです。ガブリエラにハーヴィー様のような大人になってほしいと。それは後見人だからではなく、人としてお手本にしてほしいと願うから」

今まで、「立派な大人」といえば父が頭に思い浮かんだ。でも、最近はそれにハーヴィーの姿が加わってきている。

知識の多さに関しても、領民への態度に関しても、爵位を持つ人間としての尊厳ある態度にしても。どれをとっても、レクシー自身が尊敬の念を抱いていた。

「君の期待に添えられるように尽力するよ。私も、ガブリエラを立派に育てていきたい。君に結婚を承諾しなければよかったと思われないようにね」

「私はそれに関してはまったく疑っていません。貴方はもうすでにあの子に立派な背中を見せておりますから。……それに」

レクシーはそこまで言って、一旦口を閉じる。

このまま勢いで自分の心の内を打ち明けてもよかったが、ふと冷静になって、今から自分が言おうとしていた言葉の意味を噛み締めた。

──あぁ、こんなにも緊張している。

自分の胸に手を当てて、鼓動の速さを感じ取る。

上手く言えるだろうか。上手く返せるだろうか。

口が上手い方ではないと自覚しているレクシーは、不安を持った。

けれども、先ほどハーヴィーが声を上げて笑っている姿を見て、強く感じたのだ。

──ハーヴィーを愛している。

これまでのように、形が不明瞭な淡いものではない。

くっきりとした形を持った、たしかなものがレクシーの中に芽生えている。

それが愛情なのだと確信を持ったのは、ハーヴィーのことをもっと知りたいという気持ちはもうそれなのだと気付いたから。

ただの興味よりも深くて、少し執着じみていて。

知ったら、次には彼の人生にレクシーが爪痕を残したいと望むようになっていた。

過去のレクシーではなく、今のレクシーがハーヴィーの人生に食い込みたい。さらに深く、彼が思う以上に。

今の私を見てと言うのはおこがましいかも。

以前のレクシーだったらそう思っていた。

けれども、ハーヴィーが惜しみなく愛を注ぐから、もういっぱいだと言ってもさらに注ぐから、疑う余地すらない。

こちらが彼の愛に返さないと、溺れてしまいそうだ。

だから、確信を得た今だからこそ伝えたい。

「私も後悔することなどないでしょう。生涯に亘って」

「それは……」

「政略結婚だからとか取引だからというわけではなく、私の心がそう望むからです。──

貴方と生涯離れたくないと」

床に置いてあったハーヴィーの手を取り見つめる。

この想いが真っ直ぐに伝わるようにと願いを込めて。

レクシーの中に芽生え始めた愛が、彼の想いに応えられるものであると信じて。

「ハーヴィー様、愛しております」

言葉に想いを乗せる。

「答えを出すのに時間がかかってしまって申し訳ございません。ですが、曖昧な気持ちのままで口にしたくなくて。貴方の真摯な気持ちに同じくらいの、いえ、それ以上のものを返したいと思っておりました」

レクシーが言葉を紡げば紡ぐほどに、ハーヴィーの顔がくしゃりと歪む。

彼の顔は歪んでもその美しさは損なわれない。むしろ、人間臭くて、それがまたレクシーを魅了してやまなかった。

「……君のその言葉だけでも私にとっては十分だというのに、それ以上のものを私にくれようとしてくれていたんだね」

目を手で覆い、感極まったように声を震わせる。

もしかして泣いているのかと驚いてしまったが、頬に雫は見られない。

手の下で涙を滲ませているのかもしれないが、レクシーに見せまいとしているのかもしれない。

「……嬉しい。本当に、嬉しいよレクシー」

素顔を晒した彼は、目元を赤くして瞳を潤ませていた。

アンバーの複雑な色がさらに煌いて見えて、レクシーは息を呑む。

すると、ハーヴィーが飛びつくように抱き締めてきた。

「正直、君の愛を得られるか、五分五分の勝負だった。私の愛が重すぎて引かれてしまわないかと不安になったり」

「たしかに重いですね。でも、最近はその重さが心地よくなって来ています」

「差し出がましいことばかりしていて、嫌になったりしてないかとかね」

「でも、結局私のためだったのでしょう？　嬉しかったですよ」

あぁ、ようやく本当のハーヴィーに会えた気がする。

普段は何ごともスマートにこなし、自信満々の彼だが、奥底では弱い部分を持っていた。

不安になったり怯えたり。

ハーヴィーの人間らしい部分を知っていくたびに嬉しくなる。

知っていくたびに、大好きになっていく。

「もちろん、君を振り向かせる自信はあったけれど、ふとしたときに考えてしまう。君のことになると、私は途端に惑ってしまうようだ」

身体を離し、レクシーの顔を覗き込んできたハーヴィーは、蕩けるような笑みを浮かべていた。

「君が好きだから。この世で一番大切で、失いがたい存在だから。私のエゴがいつか君を傷つけたり遠ざけたりするのではないかと。でも、好きという気持ちが止められなくて……」

それで気が付けば過剰な愛情表現になってしまう。

ハーヴィーは笑いたいときに笑いたいから、レクシー以外の人には冷たいという極端な行動を取る人だ。

だから、レクシーがどう思おうとも、自分を好きになったら後悔はさせないよと胸を張って言う人なのだと思ったら、実は胸の中でそんな葛藤があったなんて。

「私に嫌われるのが、怖い……？」

「怖いよ。何よりも怖い。嫌われるくらいなら、いっそのこと遠くから見守っているままの方がいいのかもと。でも、君に一度触れてしまったら、離れることなんてできない」

今度はレクシーがハーヴィーを抱き締めていた。

こんなにいじらしくて可愛らしい彼を見たことがなくて、抱き締めずにはいられない。

レクシーのことになると途端にかなぐり捨ててしまう冷静さ、こちらの気持ちを窺っては一喜一憂しているという健気《けなげ》さ、そしてそれを見せずにいた強さ。

あれでも好きという気持ちを暴走させないようにしていたというのだから驚きだ。

たしかに最初は暴走していたところは否めないので、最近は抑えようとしてくれているのかもしれない。

「大丈夫です。嫌なことは嫌だとちゃんと言いますから。それでも貴方は我を通す人ではないでしょう？　いつもちゃんと私の気持ちと向き合ってくれる」

「もちろんだよ。君が本当に嫌がることはしたくない」

「私が貴方に嫌だと言っても、その気持ちを受け取ってくれると信じています。ハーヴィー様が、その誠実さで私を信頼させてくださったのですよ」

だから怖がらないでほしい。

そのままのハーヴィーでいてほしい。

十年前、自分の気持ちが言えなくて我慢をしていたふたりだからこそ、互いに正直に生きていきたい。

どんなハーヴィーでも見せていってほしい。

「ハーヴィー様、大好きです。大好きですよ」

プラチナブロンドの柔らかな髪の毛に指を通し、頭を撫でつける。

甘えるようにハーヴィーが頬をこちらに寄せてきたのが分かった。

「ずっとガブリエラが羨ましいと思っていた。君にこうやって抱き締められている姿を見て、私も君に抱き締められたいと」

思い起こせば、ガブリエラを抱き締めていたとき、ハーヴィーがじぃっとこちらを見つめていたときがあった。

あのときは気のせいかと思ったが、羨ましがられていたとは。

そんなところも可愛らしくてさらに頭を撫で続けた。

きっと誰も知らないのだろう。

たぐいまれなる美貌の持ち主で有能な政治手腕を持つ侯爵で、一切笑わない「永久凍土の薔薇」と言われるハーヴィーが、レクシーにだけ微笑むだけではなく、こうやって甘えたいと願ってくれていることを。

嫌われたくないと懊悩《おうのう》し、それでも自分の気持ちを抑えきれずに葛藤する。

こんな人間らしい姿を見られるのはレクシーだけだ。

新たな姿を見つけるたびに、胸がときめいてしまう。

ハーヴィーへの愛が止められない。

「いくらでも抱き締めてあげます。私も、ハーヴィー様に抱き締められるの大好きですから」

「嬉しい」

ハーヴィーが顔を上げて、ニコリと微笑む。

ふたりの顔が近づいたのは、自然のなりゆきだった。

レクシーも彼の唇を受け入れるように目を閉じる。

触れてきた唇は、いつもよりも熱くて、幸せの味がした。

遠慮がちに一瞬触れただけで離れていったハーヴィーは、はぁ……と、熱い吐息を吐く。

「……ごめん……今日は自分の気持ちを抑えきれないかもしれない……」

申し訳なさそうに眉根を寄せる彼は、色香をまといレクシーの胸を高鳴らせていく。

「いいですよ。……ずっと我慢をしてくださっていたのでしょう？　私のハーヴィー様への気持ちが芽生えるまで、待ってくださっていた」

「身体は気持ちよくしてあげられるけれど、気持ちが伴わなければ意味がないからね。初夜だけは、あのときどうしても迎えたくて強引にしてしまったけれど」

初夜以降、彼がレクシーを抱こうとしないのは、きっとそういう理由があるからなのだろうと、薄々気付いていた。

気付いたときに、嬉しくて面映ゆくて。

妻になったのだから、夫になったのだからと、肝心なときに言わないハーヴィーが健気に思えて仕方がなかった。

「これからは、どうぞ我慢なさらないで」

この溢れる気持ちを伝えるようにハーヴィーの唇にキスをする。

「ハーヴィー様が初めてのときに愛を与えてくださったように、私も愛を与えたい。肌を重ねることがその手段であると教えてくださったでしょう？　だから、これから、何度でも……」

繋がり合いたい。

深く深くどこまでも、愛の交歓を。

「――夜まで待てそうにない」

「……私もです」

ハーヴィーに横抱きにされて、さっそく寝室へと向かった。

綺麗にベッドメイキングされていたベッドに下ろされ、ハーヴィーが覆いかぶさってくる。

際限なく溢《あふ》れ出《で》る欲をぶつけるように唇を塞がれて、舌を絡め取られて。

初夜のときに覚え込まされた快楽が甦る。

上顎をくすぐられると気持ちいいとか、歯列を舐られると、舌の上を擦られると、ゾクゾクと腰から甘い疼きがせり上がってくることとか。

身体がそれを覚えていて、もっと欲しがっていた。

「相変わらずキスだけで気持ちよさそうにしている」

「……私、ハーヴィー様がおっしゃったように、口づけが好き、みたいです」

こんなに心身が蕩けてしまうような行為があるだろうか。

ハーヴィーの舌がレクシーを悦《よろこ》ばせて、高みに連れて行ってくれる。

脳が痺《しび》れて、身体が火照って、肌の下が粟立《あわだ》って。知らなかった感覚が、レクシーを虜《とりこ》にしていた。

「私もレクシーとの口づけ、大好きだよ」

甘い声で囁いて、ハーヴィーはまた深く口づけてきた。

ドレスを脱がされ、下に着ていたシュミーズも同様に取り攫われる。

以前とは違ってまだ日が高く、部屋の中も明るい。

素肌がよく見えてしまい、ハーヴィーの目に晒すことに躊躇いを持ったが、彼はキスをしながら何度も「綺麗だよ」と囁いてくれた。

湿った舌が肌をなぞる。

耳を食み、首筋に吸い付き、舌で肌を味わうように撫ぜてきた。

手は乳房に寄せられて、好き勝手に弄ばれる。

ハーヴィーの熱い息が肌にかかるたび、指が柔肌に食い込むたび、口がレクシーへの愛を囁くたびに子宮が切なく啼く。

それに反応するかのように身体が敏感になっていき、熱が高まっていっている。

「……ん……はぁ……あぁ……」

胸の尖《とが》りを指で押し潰され擦られると、びくりと腰が震えた。

扱かれて硬く勃ってしまったそこを、今度はちゅくちゅくと吸われる。唾液を乳首に絡ませるように動かされて、甘い声が口から出た。

「……ひぁ……ンぁぅ……あンっ」

ざらりとした舌の感触がレクシーを翻弄し、指の細やかな動きが追い詰め、官能を引きずり出していく。

秘所は蜜を湛《たた》え、じわりと下着を濡らしていっていた。

ハーヴィーは胸に執心しているのか、絶えず手を変えて責めてくる。せり上がってくるように快楽が生まれるが、まだ物足りない。

焦らされるように胸を散々弄られて、その先を知っているレクシーはもじもじと腰を揺らした。動くたびに秘所から淫靡《いんび》な水音が聞こえてくる。

「腰揺らして可愛い。ここも触ってほしいの？」

ここ、とスッと下着越しに秘裂を撫でられた。

「……うぅンっ」

たったそれだけで、愉悦が身体を巡る。

期待して、奥から蜜をとろりと垂らしていた。

レクシーは無言で首を縦に振る。もうこれ以上焦らさないで、と。

「なら、おねだりしてほしいな」

だが、ハーヴィーは簡単には与えてはくれなかった。

蕩けたような甘い顔で、レクシーに強請ってほしいと乞うのだ。いつかのように。

ところが、今回は言わせたい言葉があるようで、こちらが逡巡《しゅんじゅん》している間にハーヴィーの方が口を開けた。

「気持ちよくなりたい?」

「……気持ちよく、なりたい……です」

息が上がり、朦朧《もうろう》とした頭で彼の言葉を繰り返す。

「じゃあ、そのためには何をしてほしいか言える?」

何をしてほしいか。

思わず脚の間にあるハーヴィーの手に視線が行く。そしてさらに向こうにある、彼のすでに硬く滾ったものに。

それがほしいと言いたい。けれども、まだ理性を捨て切れない。

「……恥ずかし……です」

掠《かす》れた声で精一杯の言葉を紡ぐと、手で目を覆った。

「恥ずかしがる君は本当にそそるね。もっとその顔を見ていたいけれど……仕方がないね、この質問はまた今度」

顔を隠せないようにレクシーの手を剝ぎ取ると、真っ赤に染まった顔をうっとりとした目で見つめていた。

「じゃあ、これは言えるかな？　――私が欲しい？　レクシー」

欲しくないはずがない。

迷わず頷いた。

「……欲しいです。ハーヴィー様が……欲しい……」

その瞬間、待ち構えていたかのように下着を取られ、秘裂に指を挿《さ》し入れられる。

どれほど感じてしまっていたかを、まざまざと見せつけるように濡れているそこ。

「もうトロトロになっている」

指で掻き回しながらハーヴィーは興奮したかのように、瞳に欲を滾らせる。

「もっと柔らかくしてあげるね」

レクシーの膝を両脇に抱えて脚の間に顔を埋めたハーヴィーは、秘所に肉厚の舌を捩《ね》じ込んできた。

「……ンぁうっ」

指とは違う柔らかなものが媚肉を舐り、膣壁を擦る。

溢《あふ》れ出す蜜を啜っては隘路を広げるように舌をぐるりと回し、与えられた快楽に滲み出た蜜をまた啜った。

奥へ奥へと舌が侵入してくる。

指で肉芽の皮も剝《む》かれ、刺激されて。

ハーヴィーが言ったように蜜口が柔らかくなり、身体の骨が引っこ抜かれたかと思うほど快楽によがる。

そのうち舌と一緒に指も挿入《はい》ってきて、レクシーが感じる箇所すべてがハーヴィーに支配された。

「……ひぁっ……あぁンっうぅ……はぁ……あぁっ！」

高みに引き上げられる。

膣壁が蠢《うごめ》いて媚びるように舌や指に絡みつき、媚肉を震えさせる。口から出る嬌声《きょうせい》や唾液と蜜が混じる音が、部屋の中に響いた。

もう限界だと思った瞬間、ハーヴィーは指と舌を引き抜いた。

物足りなくなったそこがヒクヒクと痙攣している。どうしてやめてしまうのかと、乞うような目で見つめた。

「……私も一緒に」

下半身の前を寛《くつろ》げたハーヴィーは、中から熱くそそり立ったものを取り出した。

血管が浮き出たそれは、相も変わらず顔に似合わない凶悪さ。

期待に胸を高鳴らせ、息を呑《の》み込む。

ハーヴィーは穂先をゆっくりと蜜口に潜り込ませて、腰を進めてきた。

くぷ……と音を鳴らして屹立を咥《くわ》えこんだ秘所は、悦んでそれを中に招き入れていた。

「――凄く……気持ちいいよ……レクシー……すぐに果ててしまいそうだ」

ハーヴィーが気持ちよさそうな顔をしている。

もうそれを見るだけで心が高揚し、ゾワゾワとしたものが背中を駆け上がる。

「あぅっ」

柔らかくなった膣壁を穿ち奥へと進む屹立は、半分くらい挿入ったところで一気に最奥に叩《たた》きつけられた。

ギリギリのところで耐えていたが、その衝撃でとうとう弾けてしまう。

「……あぁっ……ふぁっあぁっ！　あぁっ！」

腰が震えて大きな快楽の波が全身を駆け巡った。

頭の中が真っ白になり、咽喉を反らして感じ入る。

過ぎた快楽をどうにか逃そうと、身体を強張《こわば》らせながら息を浅く吐いた。

「きみの方が達してしまったね。挿入《い》れた瞬間に果ててしまうなんて……ますます淫らになっていく」

もっともっと淫らになってほしい。

ハーヴィーがどこに触れても感じてしまうくらいに。

彼は絶頂の余韻に浸るレクシーにそう囁く。

「レクシー……私のレクシー……もう一度好きだと言って……」

ゆるゆると腰を動かしながら、愛の言葉を強請った。

レクシーは彼の首に手を回して縋《すが》り付く。

「好き……大好き……大好きです……ハーヴィー様……私の、ハーヴィー様っ」

愛の言葉に昂《たか》ぶり、ハーヴィーは激しく腰を打ちつけてきた。

パン、パンと肉がぶつかり、胎《はら》の奥をゴリゴリと抉られる。

絶頂の余韻はすぐに快楽を導く。

奔流のように駆け巡り、レクシーを恍惚とさせた。

身体だけではなく、心までも繋がっている。融けてひとつになって境界線が分からなくなるほどに混じり合って。

どこまでも際限ない幸せがここにあるのだと、喜びに涙が出そうになる。

誰かと心を分かち合うこと、受け入れて与えること。

幼い頃はそれらすべてが無理だと諦めていた。孤独にも思えたあの頃。

出会えた孤独なふたりは今、慰め合うだけではなく、互いを必要とし貪り合う。

もう離れないと手を繋ぎ、これから会えなかった期間を埋めるようにふたりの幸せを綴《つづ》るのだ。

　永久に。

「……レクシー、もう……私も……」

「……ンぁっあぁ……わた、しも……また……あっあぅ……ハーヴィー様ぁ……あぁっ！」

　レクシーは絶頂の波に攫われながら、子宮の奥に精を大量に注ぎ込まれるのを感じた。ハーヴィーに穢《けが》されることで、彼のものだと所有印を刻み込まれるような気がして嬉しい。

　しっとりと汗が滲む彼の逞《たくま》しい背中に手を回す。

　快楽の余韻が引いても、この多幸感は薄まる気配もなかった。

「今日はもっと君を感じていたい。……まだ足りないんだ」

　そう言いながらも、すでに中に入ったままの屹立を硬くしているハーヴィーにレクシーはくすりと微笑む。

「私も同じ気持ちです」

　結局、今日一日どころの話ではなく、領地に滞在中は暇があればふたりで睦み合っていた。

　飽きることなく、むしろまだまだ足りないと飢えるように。

◇◇◇

「そろそろお前も伴侶を見つける頃だな」

きっかけは父のその一言だった。

以前よりも随分と身体が痩せ細り、性格も丸くなった父のその言葉は、どこか寂しそうにも聞こえる。

前の年、母が亡くなりすっかり意気消沈してしまった父は、以前のような闊達《かったつ》さを失っていた。

いなくなった者に想いを馳せ、恋しがる日々だ。

笑わなくなってしまったハーヴィーに食ってかかっては今すぐに元に戻れと迫り、その原因を作ったレクシーに接近禁止命令を出した苛烈さはもうない。

ハーヴィーも十八歳になり、いわゆる適齢期。

跡継ぎを残すために妻となる人を見つけ、結婚をしなければならないという使命を負っている。

いずれは直面すべき問題だった。

「目ぼしい令嬢はいないのか？」

ところが、ハーヴィーは父に聞かれるまでまったく意識したことがなかった。

群がる人々は鬱陶しい。

こちらの機嫌を窺いながら話しかける者はまだしも、中にはハーヴィーを笑わそうと必死になる者もいた。

好きでこうしているのだ、話ならまともにできるからそれ以上のことを求めないでくれ。

そう言っても理解を示してくれる人は少ない。

唯一、母は笑わなくなったハーヴィーをあっさりと受け入れて、「責任を持てるのであれば好きにしなさい」と言ってくれた。

その言葉は今でもハーヴィーの指針になっている。

妻《めと》を娶るとなるとこんな自分を理解しつつ、それでもいいと言ってくれる女性がいいだろう。

生涯を共にするのだから、できればハーヴィー自身が心から微笑みを贈りたいと思える人が望ましいが……。

（そんな人はいるだろうか）

途方もない話だと思った。

笑みを失くして五年、一度もそう思えた人に会ったことがない。

この心を揺さぶる人なんて、誰も……そう考えて、ふと頭に浮かんだ顔があった。

（レクシー・ペンフォード……）

五年前に出会った少女を思い出す。

考えてみれば、彼女は唯一ハーヴィーの心を解き放ってくれた人だ。

レクシーがいなければ、今の自分はいない。こんなに自分を好きになれなかった。元気にしているだろうか。

父が彼女に接近禁止命令を出して以来、迷惑をかけないようにとハーヴィーも会わないようにしていた。

本来なら謝りたいところだが、それが父に知られてしまったら、当時の父は何をするか分からなかった。ただハーヴィーを元に戻そうと必死だった父は、なりふり構わなかっただろう。

一度気になり始めたら、レクシーのことで頭がいっぱいになる。

どんな女性になっているだろうか。今も変わらず弟を可愛がりながらも、姉だからと我慢を積み重ねているのだろうか。

――会いたい。

初めて他人に対して強く思った。

さっそく父には内緒でレクシーの情報を集め始める。それには社交界はうってつけだった。ひとつ聞けば十は情報が返ってくる。

分かったのは、年は十三歳であること、社交界デビューが間近に控えているということ。お淑《しと》やかな完璧な淑女というタイプではないが、明るく性格もいいので、社交界で人気というほどではないが、無難な貰《もら》い手が見つかるだろう。

ペンフォード家の経済状況はそこそこ。跡継ぎのガブリエラはすくすくと育ち現在五歳、目に見える問題点はない。

それに、レクシーには婚約者はいないということだった。

彼女がデビューするという夜会に参加できるように手を回し、ハーヴィーは遠目にレクシーの姿を見る。

もう五年も経っているのだからすっかり様変わりしているだろう、探すのも大変だろうと思っていたが、まったくそんなことはなかった。

一目で分かった。

分かってしまうほどに覚えていたのだ、レクシーの顔を。

ハーヴィーが思っている以上に鮮明に。

けれども、あの頃より随分と大人びて、美しくなっている。

可愛らしい顔立ちは変わらずだが、そこに美が重なり合って調和していた。

きっと、淑女教育を受けて、もう泣き喚くなどはしたないと教わっただろう。成長した彼女は感情のままに取り乱したりはもうしない。

あのときと同じレクシーはいない。

分かっている。けれども、もう一度レクシーと話がしたかった。

ハーヴィーに勇気をくれた、一緒に頑張ろうと言ってくれた彼女と話したいと願ってしまったのだ。

叶わぬ願いだと分かりながら。

それから、ハーヴィーは時間があればレクシーのことを陰からこっそりと見るようになった。

話せないのであれば、遠くから眺めて今の彼女を知るくらいのことはしたい。

噂通り、レクシーは明るく、屋敷の中に引き籠もって本を読むより、外に出て買い物を楽しんだり、外を散歩する方が性に合っているようだった。

おかげで、ハーヴィーも観察がしやすい。

ときおり、町娘の格好をして繰り出し、街の中に溶け込んで楽しんでいる姿も見られた。

父も領民と実際に会って話をして、見識を広めていく人だ。ハーヴィーもその考えを受け継いでいる。

彼女も同じなのだろうか。共通点を見つけたようで嬉しかった。

領地でしていたようにハーヴィーもまた街中に入ってみたかったが、さすがにそのままの姿だと目立つと家令に言われてしまった。

使用人の男と同じような服を用意させ、それを着てさらに帽子を目深に被れば、じっくりと見られない限り大丈夫だろうというお墨付きをもらったので、ハーヴィーもレクシーのあとを追うように街に溶け込む。

その日の彼女は果物が欲しかったようで、いろんな店を見て回っていた。

もっと近くで見たいと欲を出したハーヴィーは、気付かれないように近づく。

すると、レクシーが足を動かした拍子に、オレンジが山積みになっていた木箱にぶつかってしまい、オレンジが雪崩《なだれ》を起こした。

レクシーは謝りながら慌てて散らばったそれを拾う。

ハーヴィーの足元にも、一個転がってきた。

おもむろにそれを拾い、レクシーのもとへと持っていく。

声をかけるのに随分と勇気を要したが、小さく「あの」と言っただけで彼女は振り返った。

──レクシーの紫の瞳が自分を映している。

そう思った瞬間、身体中の血という血が沸き起こりハーヴィーの鼓動を速めた。

頭の中にまでドクドクと心臓の音が鳴り響く。

「ありがとうございます！」

屈託のない笑顔を浮かべる彼女。そこに純粋な感謝の気持ちしか見えない。

心からの笑みだと、ハーヴィーの目から見ても明らかだった。

(……私も、レクシーにこんな笑顔を贈りたい)

何て優しい気持ちなのだろう。何て幸せな気持ちなのだろう。

誰かに微笑みたいと、この気持ちをすべて打ち明けたいと願う思いは、味わったことのない温かなものを生む。

「いいえ」

ハーヴィーは無意識に微笑んでいた。

きっと帽子が邪魔をしてレクシーからは見えないだろう。

それでもいい。

次にレクシーに向かって微笑むときは、堂々と彼女の前に立つときだと決めたから。

「父上、私が結婚したいと願うのはたったひとり、レクシー・ペンフォードです」

覚悟を決めて父に打ち明ける。

彼女しか考えられないし、彼女しかいらないと。

父はもちろん反対した。お前をこんな風に変えてしまった女などとんでもないと。

だが、ハーヴィーの頑固さは父譲りだ。一歩も引くことはせずに、懇々と説得をし続けていた。

半年ほど経った頃だろうか。ようやく父は譲歩を見せた。

領地内の寂れた町を復興させることを条件に、レクシーへの接近禁止命令を取り消し、結婚も許してやると。

その言葉を引き出したとき、父は酷く落胆していた。

ハーヴィーにではなく、おそらく自分に対してだ。

「……私はずっとお前のためだと信じて彼女を遠ざけていたが、結局それは身勝手な親心というものだったのか」

方法は間違っていたが、父は父でハーヴィーを守ろうとしてくれていた。

息子が一切笑わなくなって、父は怯えたのだろう。ハーヴィーが心を失ったと。その原因がレクシーで、もうこれ以上傷つかないようにしなければと思っていた。

そうではないとハーヴィーは訴え続けたが信じてはもらえずにいた。

だが今、ようやく和解できたのだ。

「父上、レクシーは私を傷つける存在ではなく、私を誰よりも人間たらしめる存在です。きっと貴方も彼女を知れば好きになる」

結局、約束を果たす前に父は亡くなり、ふたりを会わせることはできなくなってしまったけれども。

せめて父の不器用な思いを踏みにじらないように、町の復興を見届けてからレクシーを迎えにいった。

もちろん、それまでの間、遠くから見つめることはやめなかったし、裏で何かと手を回したが。

こうやってレクシーと結婚して、故郷に連れてこられたのを誇りに思う。

彼女の愛を得られて、幸せだとふたりで微笑む時間が尊い。

「君に見せたいものがたくさんあるよ」

隣で眠るレクシーに向けて呟く。

ハーヴィーが復興した町を見てもらいたいし、領地内にある両親の墓にも連れて行ってあげたい。

明日はジャックがペンフォードのワインについて話をしてくれるだろうし、自分が守ってきたものがどれほどの人に喜ばれているか知ったとき、レクシーがどんな顔をするのかも見てみたい。

レクシーと一緒にいると、新たな自分がポロポロと生まれてくる。

情けない自分も、気弱な自分も、嫉妬深い自分も。

こんな薄汚いものを見せて嫌われないだろうかと恐れてしまうけれど、レクシーはそれらすべて受け入れてくれるのだ。

愛おしさが止まらない。

昔よりも今、今日より明日、レクシーをさらに好きになる。

甘い蜜月は続く。いつまでも、どこまでも。

一生終わらない甘いひとときが、ハーヴィーにとって生きている証と思えた。

「もう君なしでは生きていけないよ。あの日、君が私をそう変えてしまったんだからね」

第四章

思いがけない政略結婚でともに暮らすことになったレクシーとハーヴィー、そしてガブリエラだが、日を追うごとにその生活に馴染んでいった。

レクシーがワディンガム侯爵夫人として家政を取り仕切る姿も随分とさまになってきたし、使用人たちの信頼も得られるようになってきている。

相変わらず忙しくなると方々に手を回せなくなる要領の悪さではあるが、今は以前のようにメモを残してもらうというやり方はしていない。

人員が充足しており、かつ皆優秀であるために、レクシーが目を回す前に先回りをしていろいろと準備をしてくれる。それに何度助けられたことか。

社交界でも、はじめこそ珍獣を見るかのような目をこちらに向けられていたが、回数を重ねれば人は慣れるものだ。

声をかけられることも多くなり、結婚以前よりも打ち解けている。

ひとつ付け加えるとするならば、レクシーに直接話しかけるのは女性ばかりで、男性は必ずハーヴィーを通してでしか話しかけてこない。

まだまだ彼の牽制は健在のようだ。

そんなハーヴィーは今もなお、レクシーだけに微笑み、そのほかの人間には冷たい。一切笑顔を見せない「永久凍土の薔薇」は気高く咲く。

最近はレクシーに見せる笑みを見るために、皆二人を盗み見しているらしい。まだまだ視線の嵐は止《や》みそうにない。

一方ガブリエラといえば、家庭教師との勉強はハーヴィーが思っていた以上にはかどっている。

予定よりも進行が早く、そして呑み込みも早い。

レクシーもそれは実感していて、ガブリエラが話す内容が徐々に理知的になっていくのを感じていた。

彼のやる気と実力を買ってくれたのだろう。ハーヴィーは、外に出て同年代の子と交流するように推奨してきた。

そこまで勉強が進んだ今、彼らとの会話にも気後れすることなく交われるだろうし、何より小馬鹿にされにくい。

むしろ、馬鹿にする者がいたら、培った知識と理論で潰せるだろうと。プライドの高い貴族の子息の鼻を明かすには充分だと。

随分と物騒な話をハーヴィーがガブリエラにしていたが、男性の社会ではそれなりに生き抜く術があるのだろう。

知識は武器だ。

ハーヴィーもガブリエラも共通して認識していることだった。

実際にガブリエラは同じ年頃の男の子たちと遊ぶようになってからは活発になり、聞き分けのいい子だった彼が次第に自我を強くしていく。

それもまた成長だと見守り、一歩一歩大人に近づいていく彼を喜びながらも、侘しさも感じていた。いつか、ガブリエラが旅立っていく日が来ることを実感させられる。

きっと、ハーヴィーがいなければその実感は得られなかっただろう。

何もかもが順調だと安心していた矢先のできごとだった。

ガブリエラが怪我《けが》をして帰ってきたのは。

「どうしたの！　ガブリエラ！」

頰を真っ赤に腫《は》らし、口の端から血を流す彼を見たとき、思わず悲鳴を上げた。

明らかに誰かに暴行を加えられた姿に動揺し、他に怪我がないか確かめながら使用人に冷やすものを持ってくるようにお願いをする。

努めて冷静さを取り戻し、ガブリエラを椅子に座らせる。

その間も彼はずっとむっつりとした顔で黙りこくっていた。

　ガブリエラについて一緒に外に出ていた使用人が事情を説明しようとしていたが、それを断った。本人の口から聞きたいと。

　それが、姉弟ふたりのやり方だからだ。

「誰に殴られたの？　教えて、ガブリエラ」

　冷えたタオルをガブリエラの頬に押し当てながら、事情を聞きだそうとする。

　だが、それでも話そうとはせずに、眉根を寄せてじぃっと下を向いていた。

「分かったわ。なら、これだけ教えて。貴方を殴ったのは知っている人？　それともまったく知らない人？」

「……知っている人。今日、一緒に遊んだ」

　言葉はぶっきらぼうだが、それでもちゃんと答えてくれたことに安堵する。そして、突如として暴漢に襲われたわけでもないことにも。

　知り合いに殴られたことも大問題だが、それでも殴られた経緯を知ることができる。対処もしやすいだろう。

「お友達なの？」

「……友達だと思っていたけど、でももう違う。あんな奴《やつ》、友達じゃない」

　吐き捨てるように言った言葉には怒りが滲んでいた。

　喧嘩《けんか》でもしたのだろうか。男の子なら殴り合いの喧嘩もするだろうが、それにしても屋敷を出るときにはあんなに楽しそうにしていたのに。

「何があったか、私に教えてくれない？」

できることなら一緒に解決してあげたい。

姉としてガブリエラの力になってあげたいと申し出るも、彼は首を縦には振ってくれなかった。

いつもなら頷いてくれていたのに、頑《かたく》なにレクシーに話そうとしない。

（……年頃かしら）

幼い頃のように人に頼り相談するような素直さは薄れ、反発心を持つ年頃に差し掛かっているのかもしれない。

「大丈夫だから。自分で解決する」

結局ガブリエラは傷の手当はさせてくれたが、話はしてくれなかった。

その後、ハーヴィーに報告に行ったようだが、彼には話したのだろうか。聞いてみたいとソワソワとした心地で、ハーヴィーが仕事を終えて部屋から出てくるのを待っていた。

「……あの、ガブリエラとお話ししました？」

仕事を終えたハーヴィーをさっそく捕まえて聞いてみる。

彼はレクシーを一旦抱き締めたあとに、「話したよ」と教えてくれた。

「やはりあの怪我は喧嘩で負ったものでしょうか。相手の方と仲直りしたのかしら。それともまだ仲違《なかたが》いをしたままで？　あ！　その前にあちらに謝罪をしに行かなくてはいけませんか？」

　待っている間、ずっとどうしたらいいのかを考えていた。姉としてやらなくてはいけないことを頭の中に並べ、まず何からしなければならないのかと頭の中を整理する。

　だが、いざハーヴィーにガブリエラの様子を聞こうと口を開くと、そんな冷静な考えはどこかへ飛んでいってしまい、ただただ動揺するばかりだった。

「心配ないよ。どうやら、相手の子にどうしても許せないことを言われたようで、ガブリエラが襲い掛かり取っ組み合いの喧嘩をしたらしい」

「ガブリエラの方から？　ど、どうしてそんなことを？　いったい何を言われたのでしょうか……」

　決して暴力的な子ではない。むやみに手を上げるどころか、暴言すらも吐いたことはなかった。

　そんな優しいガブリエラがたとえ喧嘩とはいえ、人を殴るなどただごとではない。よほど酷いことを言われたのだろう。

「君のことだよ、レクシー。君が私に取り入って、落ちぶれたペンフォード家を繋ぎとめた悪女と言われて頭に来たと話してくれた」

「……あく、じょ？」

到底自分に縁がないと思っていた単語が出てきて、レクシーはキョトンとする。

「私たちが結婚したのは、ハーヴィー様の長年の愛があったからで。……取り入るだなんて言葉で表現されるのは心外です」

悪女という言葉にも驚きだが、それ以上にハーヴィーに取り入ったと思われていることが悔しかった。

最初こそ利害が一致したから結婚した関係だと思っていたが、ハーヴィーがずっと愛してくれていたからこその結婚だったと知っている。

世間から見れば、ハーヴィーとレクシーの結婚は予想だにしなかった事態に違いないだろう。

それでも、ハーヴィーを貶《おとし》められた気がして辛かった。

「私が君に取り入ったのにね」

「ハーヴィー様！」

「冗談だよ。でも、私も君がそんな風に言われるのは我慢ならないね」

けれども、子どもたちがそう口にするのは親の影響だ。

身近にいる大人が口にすることに感化されて言っているに違いない。

子どもの他愛ない戯言。そう笑ってレクシーは済ませることができるが、ガブリエラは看過できなかったのだろう。

「ただ、ガブリエラが自分で決着をつけるというから、彼に任せようと思う」

「任せるのですか？　私たちは何もしないのです？」

「しないよ。ガブリエラが自らそう宣言したのだから、私たちが手を貸す義理はないだろう」

「ですが……」

最近大人びたとはいえ、ガブリエラはまだ子どもだ。大人の自分たちが手を貸して然《しか》るべきではないだろうか。

彼が自立したいという気持ちを優先させて、判断を見誤ったら？

レクシーは素直にハーヴィーの言葉に賛同できなくてやきもきしていた。

「君も見守ってあげて、レクシー」

ハーヴィーに釘《くぎ》を刺されたレクシーは、言われた通りに見守ることにした。

これはガブリエラの成長のためだと自分に言い聞かせて。

ところが、彼はまた傷を負って帰ってくる。

付き添いの使用人に聞いたら、喧嘩相手は毎度同じ相手だそうだ。

あちらが突っかかり、ガブリエラは最初こそは冷静に対処するが、そのうちレクシーを馬鹿にされて堪忍袋の緒が切れてしまう。

そして取っ組み合いの喧嘩に。

だが、一方的にガブリエラがやられている状態で、怪我をするのはこちらばかり。あちらはいつも無傷なのだという。

「ねぇ、本当はいじめを受けているとかではないの？」

「違います。僕とあいつの一騎打ちの勝負です」

「でも、毎回ガブリエラが負けているのでしょう？　怪我までして……。そんな痛い思いをするのであれば、行かなくてもいいのに……」

立派な貴族になるために、今からコネを作っておくことが重要だ。

だからハーヴィーも同じ年頃の男の子と交流することを積極的に進めていたが、安全には代えられない。

「相手のおうちに私からお話しましょうか。何かしらの和解の道を探れるかもしれないわ」

「やめてください！　これは僕の問題だと言ったでしょう！　余計な手出しは無用です！」

だが、ガブリエラはレクシーの助けを突っぱねた。

それでもいつまでも怪我をして帰ってくる弟を放ってはおけず、レクシーも今日は言い返す。

「だって、そんなに怪我をしている姿を見ていて、黙ってなんていられないわ！　私には貴方を守るという使命があるの！　両親のお墓にそう誓ったのよ！」

「姉上がそう思ってくださっているのも分かります！　ですが、これは僕の戦いです！

守ってもらう必要なんてどこにもありません！」

男の矜持《きょうじ》の問題というものなのだろうか。

逃げたり誰かに助けを求めるのは格好悪いとか何とか。

勇猛果敢な姿は立派だと思うが、ときには引くことも大切だ。

「私のことを悪し様《あざま》に言われて喧嘩をするのでしょう？　私なら大丈夫よ、何を言われても。放っておいていいの。大切な人に本当のことを分かってもらえていたら、それで十分」

悪女やら取り入ったやらと言われるのは業腹だが、ガブリエラが怪我をするくらいならばそんなものは聞き流せる。

もし、いつか取り返しのつかない怪我をしてしまったらと考えると恐ろしい。

だが、ガブリエラはレクシーの言葉を聞いてプルプルと震えながらこちらを睨み付けてきた。

「姉上の馬鹿！」

眦《まなじり》に涙を浮かべた彼は、そのままどこかへ行ってしまった。

あとを追おうとも思ったが、火に油を注ぐ結果になりそうで諦めてその背中を見送る。

なかなか上手い解決を見せない問題だった。

レクシーの言葉がガブリエラの矜持を傷つけてしまったのか、それとも喧嘩に負け続けで悔しくなったのか。

ガブリエラはいつにも増して剣術の授業を熱心に取り組むようになった。

自主的に練習もし、授業も休みなく模造剣を手に握っている。

レクシーはその様子をただ屋敷の中から見守るしかないことが、とても歯痒《はがゆ》かった。

「ハーヴィー様……本当にこのままでいいのでしょうか」

彼とお茶をしている間もガブリエラが気になって、窓から外の様子を窺う。

美味しいお茶も菓子もまったく目に入らず、ひたすらに目に映すのは弟の懸命な姿。何も咽喉を通りそうにない。

「約束しただろう？　私たちは見守るだけだと。一応あちら側の家にも確認を取っているけれど、彼らもことの成り行きを静観すると言っている」

「……いつの間に」

「後見人として、いつでも責任を取れるようにはしておきたいからね」

「それでも、ガブリエラのことは彼自身に任せるのです？」

「もちろん。それが彼の望みだ」

姉としての性《さが》だろうか。それとも自分が心配しすぎるだけなのだろうか。

やけにハーヴィーが淡白な反応であることが気になった。

怪我を心配する様子もなく、解決しようと必死になることもなく、淡々と話を聞いて後見人としてやるべきことをこなしているだけ。

いや、そこまでやってくれているのだから感謝しなければならないのだが、どうにも釈然としなかった。

（そういえば、ハーヴィー様はガブリエラにも笑顔をお見せにならないのよね……）

縁続きになったし後見人にもなったのだから、義弟に心を開いて笑顔を見せてくれてもいいだろうに、今も変わらず彼が微笑むのはレクシーにだけ。

それがずっと心の中に引っ掛かっていたのかもしれない。

赤の他人には冷たい態度をとってもまったく気にはならなくなったが、やはりガブリエラは別だ。

できることなら、ふたりには仲良くしてもらいたいと願っている。

だが、笑顔を強要することはできない。

ハーヴィーがもっとも嫌がることだと知っているし、レクシーもそうしたくはない。

仲良くなってほしいと勝手に願うのはおこがましいと分かっている。たとえ縁続きになろうともそりが合わない人は合わない。

ジャレッドがいい例だ。

それでも、レクシーが大好きなふたりだからこそ、仲が深まるようなものを模索していきたいと思うのだ。

「ガブリエラが気になる？　それとも、私の対応に不満を持っている？」

いつの間にか、ハーヴィーは窓際に立つレクシーの後ろにやってきていた。

腰辺りにある窓枠に手を突き、後ろからこちらを覗くような形で抱き締めてくる。

「不満というわけではありません。……ただ」

「ただ？」

「……ハーヴィー様が、いまだにガブリエラに心を開かれていないのではないかと思っただけです」

本来ならこんなことを言うべきではないかもしれない。

だが、互いに対して素直でありたいと願う者同士だ、打ち明けてしまった方がいいだろう。

きっと、ハーヴィーなら今の言葉に対して、真摯に考えて答えをくれるだろうから。

「まったく開いていないわけではないからね。君の弟ということを抜きにしても、面倒を見てもいいと思えるほどには気に入っているし、見込みがあると思っている」

大金をはたいて有能な家庭教師をつけてくれ、将来のことを考えて助言をしてくれているのは、義理からではないと分かる。

ハーヴィーの心からの行動なのだと。

分かっているからこそ解せないのだ。

何故、ガブリエラの怪我を無視して、すべて彼に解決させようとするのかを。

「だからこそ、彼が自分ひとりでやれるという言葉を信じたい。自分に嘘を吐く男でも、諦める男でもないだろう？」

「信じているからこそ、ガブリエラに任せるということですか？」

「そうだよ。もちろん、君の心配する気持ちも大事な愛情だ。それは否定しないし、あの子には必要なことだろう。私は私のやり方でガブリエラを支えているというだけのこと」

やり方は違えども、すべてガブリエラのためなのだ。

人によって支え方が違うだけで、気持ちは同じ方向を向いている。

「でも、私が認めて笑みを見せるまでにはいかないかな。彼はまだ私との約束を果たしていないからね」

「約束ですか？　それはどのような？」

興味本位で聞くと、ハーヴィーは自分の唇に人差し指を当てる。

「内緒」

これはガブリエラとのことなので、たとえレクシーが相手であっても簡単に教えられないのだという。

「男同士の約束、というものですね」

ならば、無理矢理聞き出すことはしない。ふたりが交わした約束なら、きっと悪いものではないはずだから。

「……それにしても、随分とガブリエラが心配なようだね。私とのお茶の時間も気がそぞろになるくらいに」

「も、申し訳ございません！　ただ、昔からの癖でして……。あの子とは年が離れておりますから、どうしても守らなくてはという意識がなかなか抜けないのです」

本人に助けなど必要ないと言われてしまったが、それでも心配は尽きない。むしろ手を出させてもらえないからこそ加速しているような気がする。

「分かっております。あの子は大人になろうとしている。それに、ハーヴィー様という頼れる人が側にいる。私がいつまでも子ども扱いするのは、本人は面白くないのですよね」

「君は昔からガブリエラのことばかりだね。出会ったときも大好きな弟への嫉妬で悩んでいた。今は、少しでも守りたくて必死になっている。……妬《や》けてしまうね」

「……ハーヴィー様？」

最後の一言で、スッと声色が変わったことに気が付いて、レクシーは後ろを振り返る。

すると、彼は顎を摑んで、チュッとキスをしてきた。

「君の頭の中を私だけでいっぱいにしたいと常に願っているのに、なかなか難しい。でも、せめて私とふたりきりのときは、私だけを見てほしいかな」

「……あっ」

スカートをたくし上げられて、ハーヴィーの手が太腿《ふともも》を撫でてくる。レクシーはその感覚に肩を震わせ、窓枠に置かれていた彼の手に自分の手を重ねた。

うなじを口で吸われ、ゾワゾワとしたものが腰からせり上がってくる。

昨晩も味わった官能が甦ってきて、レクシーは熱い息を吐いた。

「……こんな、ところで」

「だって、レクシーが私を見てくれないのだから仕方がないだろう？」

「お、怒っていらっしゃるの？」

まさかこんなことで？　と驚いたが、考えてみれば彼はレクシーがガブリエラを抱き締めたのを羨ましいと言って、ちょっとしたことで妬いてしまう人だ。

最近、レクシーの意識がガブリエラばかりに向かっていることに拗《す》ねていたのかもしれない。

「怒っていないよ。ただ、私のことも構ってほしいなと思って」

怒っていないのであればよかったが、この不埒な手はいけない。

太腿を撫で上げ、脚の付け根をくすぐってきたあとに、下着にも手をかけてきた。

「……ハーヴィーさま」

先ほどより甘い声が口から漏れる。

本当にここでしてしまうのかと胸がドキドキした。

レクシーの制止も聞かずに、ハーヴィーは下着をずり下ろして秘所に指を挿《さ》し入れる。

ぬかるみのように簡単にそれを受け入れたレクシーの蜜壺は、期待にヒクリと震えていた。

「昨日の名残で、まだ柔らかいね」

耳元でクスリと笑う声が聞こえてくる。

毎夜散々啼かされ愛されているこの身体は、もう丹念に解さなくてもあのハーヴィーの硬くて逞しい屹立を受け入れられるようになっていた。

それでもハーヴィーは前戯でトロトロに蕩かしてから挿入するのが好きなようで、必要以上に喘がされてしまうのだが。

身体はハーヴィーに従順だ。

もう蜜が奥から滲み出て、指に絡みついている。

「……まって……くださ……窓、から、見えちゃ……」

外から見えるような場所で、不埒な真似をしていたら、誰かに見つかってしまう。

その誰かがガブリエラだったら、もうレクシーは生きてはいけない。弟にあられもない姿を見せるなど、考えただけでも卒倒しそうだった。

「下だけ脱がせるから見えないよ」

「……でも」

レクシーの顔で、ハーヴィーの動きで何かを悟ってしまうかもしれない。

ガブリエラが性の知識に今は乏しくとも、将来思い出したときに意味が分かってしまえば、軽蔑されてしまうかも。

そんなのは嫌だと、ハーヴィーに縋るような目を向けた。

「冗談だよ。君のいやらしい顔を私以外の男に見せるわけないだろう？　たとえ、ガブリエラでもね」

ハーヴィーの手によってカーテンが閉められて、目の前が外の景色から天鵞絨《ビロード》の重厚なカーテンに替わる。

ホッと安心をしたところで、ズクンと大きな衝撃が走る。

「あぁンっ！」

熱く滾ったものが、レクシーの身体を貫いてきたのだ。

一気に奥まで穿たれて、達してしまいそうなほどの強烈な快楽を与えられたレクシーは、どうにかそれを逃がそうとした。

歯を食いしばり、指先やつま先に力を入れて。

だが、おかげで中もきゅうきゅうと屹立を締め上げてしまったようで、ハーヴィーの詰めた息が聞こえてくる。

「――あぁ……入り口はあんなに柔らかかったのに、中はきつい。懸命に私のものを締め付けて……本当、おねだり上手になったものだね」

艶のある声が耳をくすぐる。

ゆっくりと腰が引かれ、屹立が膣壁を擦りながら中から出て行こうとしていた。

「……あぅ……まって……まだ、うごかない、で……ンぁ……うごかれたら……」

「今度こそ達してしまう?」

「……ひぁっン!　あぁ……あっあぁぅ……ンぁ……あぁ……」

ダメだと言ったのに、ハーヴィーは一度入り口まで抜いてしまったものを、再び最奥に叩きつけた。

二度目は耐えきれずに達してしまったレクシーは、快楽を弾けさせ全身を震わせながら喘ぎ声を上げた。

我慢していた分、強制的に与えられた快楽は鮮烈で、腰が砕けてしまう。

カーテンを握り締め、窓に縋りつきながらどうにかこうにか体勢を保った。

「君の達したときの顔は、私には極上のご褒美だよ。……レクシー、私にたくさんご褒美をちょうだい。もっともっと見せて」

「……ンん……ぁう……」

絶頂の余韻もそこそこに、ハーヴィーは遠慮なくもっと達してしまえとばかりに動いてきた。

先ほどよりもさらに膨張した屹立が、容赦なくレクシーの感じる箇所を擦って攻めてくる。

目の前が明滅する。

ひと突きされるたびに、強烈な快楽が襲ってきて処理しきれない。すぐにまた高みに連れていかれて、理性などもうないに等しい。

腰をギュッと抱き締められ、身体をぴったりと密着させてきたハーヴィーは、ぐるりと腰を回し、グリグリと奥に穂先を押し付けてくる。

啼きながらもそれに感じてしまったレクシーは、愉悦に濡れた顔を見せた。

「……また……はぁっンぁ……あぁっ……また、たっして……しま……あぁうっ」

「見ていてあげるから、何度でも達してごらん」

「……おねが……いっしょに……」

「じゃあ、もう少し我慢して」

ひとりだけで高みに昇り詰めるのは嫌だ。

ハーヴィーも一緒にと甘えると、彼は息を荒らげながら腰を激しく動かしてきた。

摑んでいるカーテンのレールがキシキシと音を立てる。

レクシーの膣壁も蠢き、屹立を扱き上げる。

「……ハーヴィーさまぁ……もう無理ですぅ……」

だが、こんな激しい突きを受けて、耐えられるわけがない。それに、一度達してしまった身体は敏感になっていて、感じるなという方が難しい。

「……もう我慢できない……イって……お願いハーヴィー様ぁっ」

「……いいよっ……もっとおねだりして」

「……ひぁんっ！　……イってください……私の中に……あぁっ……たくさん出してぇ！」

興奮が高まってきたのか、屹立がビクンと震えて、叩きつける力も強くなってきた。

パァンとひときわ大きな音を立てたとき、ハーヴィーが囁く。

「さぁ、思う存分達して」

許しを得られた瞬間、肌の下が粟立ち、一気に快楽が下腹部に集中する。

「……ぅあ……あぁ――――！」

「……ふぅ……くっ」

レクシーの望み通り、ふたりで一緒に果てることができた。

胎の中に熱いものが注がれて、多幸感に包まれる。

愛おしそうに頬擦りしてくるハーヴィーが可愛らしくて、レクシーは手を回して頭を撫

でた。

「ご褒美、まだまだもらい足りないけれど、続きは夜にね」

――覚悟して。

甘く囁く嫉妬深い夫は、どうやら今日もあっさりとは寝かせてくれなさそうだ。


ハーヴィーの嫉妬を受け、今度こそ大人しくガブリエラを見守ることにしたレクシーは、どうにかこうにか突いて出てきそうな言葉を呑み込んでいた。

怪我をして帰ってきても、黙々と怪我の手当てをし、剣術の訓練をするガブリエラを遠くから見つめる。

どうやら、剣だけではなく、己の身体を使った技も習っているようで、ガブリエラの身体は徐々に逞しくなっていった。

そのおかげか、最近は喧嘩をして帰ってきてもあまり怪我をしていない。

ガブリエラが相手よりも強くなっていっている証拠だろう。

今日もまた擦りむいた手の甲を手当てしながら、ぽつりと呟いた。

「最近は怪我が少なくなってきて安心しているわ。強くなっているのね、ガブリエラ」

最初こそハラハラしていたが、今では冷静にガブリエラの様子を見ることができる。

それもこれも、彼の努力のたまものだろう。

ハーヴィーの言う通りだったのかもしれない。ガブリエラを信じて見守りに徹したのは正解だったのだ。

「……今日は初めてあいつに勝つことができました」

「まぁ！　それは凄いわね！」

強くなっているとは分かっていたが、そこまでになっていたとは。

本来なら喧嘩などしない方がいいに決まっているのに、レクシーはガブリエラが強くなっていくのを喜ばずにはいられなかった。

「貴方が理想とする貴方に近づいていると受け取ってもいいのかしら？」

「ええ。僕、思ったのです。強くならなきゃ守れないものもあると。だからこれは僕にとっての第一歩です、姉上」

「そう考えるようになったのは、大人になった証拠なのよね」

守られる立場から守る立場へ。

なりたい自分に変わるべく、ガブリエラは必死に努力をしている。

「貴方がそう思うのは立派なことよ。私の手から離れていくようで少し寂しいけれど、応援しているわ。いつか、貴方が守りたいものを守れるまで」

「ありがとうございます」

笑顔を見せてくれたガブリエラの顔立ちは、随分と大人びて見えた。

「失礼いたします、奥様。お手紙が届きました」

使用人が話しかけてきて、一通の手紙を渡される。

お礼を言ってそれを受け取り、差出人を確認すると、そこには伯母の名前が記されてあった。ジャレッドの母親だ。

「何かしら」

こんな風に手紙を寄越すなど珍しい。

不思議に思ってその場で開封すると、手紙には伯母の夫の訃報が綴られていた。

「……伯父様が」

レクシーの呟きに、ガブリエラも興味を持って手紙を覗き込む。伯父の死に彼もまた目を見開いていた。

ジャレッドの父親は、良くも悪くも凡庸な人だった。子爵家の三男坊だったが、爵位を貰えず、伯母とは大恋愛の末に結ばれた。

伯母も少々卑屈な部分があり、気弱ではあるがおおむねいい人だ。

何故ジャレッドのようなひねくれものが生まれたのか不思議になるくらいに、普通の人たちだった。

伯父は両親が亡くなった直後は何かと手伝ってくれた。だが、体調を崩してしまいこれ以上手伝うのは難しい、応援していると言ってスッと身を引かれてしまい、それ以来会っていない。

その代わりにジャレッドが屋敷に現れて大変迷惑していたが、伯父はジャレッドを窘めても叱ることができなかった。

恩義はあるが、同時にジャレッドに迷惑をかけられた経緯もあるので、彼には複雑な心境を持っていた。

「お葬式が三日後にあるそうよ」

「行くのですか？」

「数少ない親族だし、お世話になったこともあるから、ちゃんとお別れを言いに行かなくてはいけないわね」

ここで薄情にも家を出たのだから関係ないとは言い切れなかった。

故人には何であれ敬意を払って然るべきだろう。

「ジャレッドもきっといるのでしょう？　大丈夫でしょうか」

「そうね、彼が今何をしているか分からないけれど、警戒はすべきでしょうね」

ハーヴィーに横槍を入れられてからめっきり姿を見せなくなったジャレッドだが、噂も耳に入ってこないのは気がかりだ。

伯母夫婦には結婚の報告を手紙で済ませてしまったので、喫緊の状況は分からなかった。

「僕もお葬式に行きます」

「大丈夫？　ジャレッドのこと苦手だったでしょう？　私のことなら心配ないわ。おそらくハーヴィー様も一緒に行くだろうし」

確認しなくても分かる。あのハーヴィーが、ジャレッドがいる場所にレクシーひとりで行かせるわけがない。

「それでも僕も行きます」

「分かったわ。じゃあ、喪服を用意させましょうか。……以前着たものはもう小さくて着られないでしょうしね」

両親が相次いで亡くなったとき、ガブリエラは八歳だった。

あの頃の面影は顔には残っているものの、身長や手足の大きさが違う。もうレクシーを抜いてしまいそうな勢いだ。

きっと両親は、今のガブリエラを見たら喜んでいたことだろう。

墓前でしか見せられないことが寂しくて、思わずガブリエラを抱き締めた。

案の定、ハーヴィーも一緒に葬式に行くと言ってきた。

まるで行かないという選択肢はないかのように、さっそく仕事を調整するようにと家令に命じていた。

「伯父さんは残念だったね」

「ええ。以前から体調を崩されていたのですが、悪化してしまったあとは、もうあっという間に天に召されたと伯母様の手紙には書いてありました」

「付き合いはあったの？」

「両親の死後に少し。あとはどちらかというと疎遠で……」

父の葬儀で数年ぶりに会ったくらいには、付き合いは薄かった。

「どちらにせよ、人が亡くなるのは悲しいことだ。思う存分故人を偲ぶといい」

「ありがとうございます」

ハーヴィーはレクシーと額を合わせ、慰めるように頭を撫でてきた。

「ちなみに、あのジャレッドとかいう男には近づかないようにね」

「もちろんです。私もジャレッドと話をするのは気力が削《そ》がれて大変なので……」

今思い出してもげっそりとしてしまう。

慇懃《いんぎん》の中に散りばめられた無礼の数々。レクシーを見下し、どうにか操ろうと強い言葉でこちらを貶めてきた、ジャレッドの意地の悪い顔。

顔を突き合わせるのは致し方ないとして、言葉を交わさずに済ませたい。

ところがそれはどうやら杞憂《きゆう》だったようだ。

三日後、伯父の葬式に行くとそこにはジャレッドはいなかった。

最後の別れの地は教会の墓地だ。そこに伯父が眠る棺桶《かんおけ》を埋葬する。

すでに神父も墓守も親族も皆揃《そろ》っているのに、息子のジャレッドの姿だけが見当たらない。

　まさか自分の父親の葬儀に出ないつもりかと眉を顰めたが、一方で姿が見えないことに安堵している自分がいた。

「伯母様」

「……あぁ……レクシー、来てくれたのね。ありがとう」

　伯母は随分とやつれていた。最愛の夫に旅立たれて憔悴《しょうすい》しきっている。支えてやらねば今にも倒れてしまいそうだった。

　それでも気丈に振る舞おうとしているようで、覇気のない笑みを浮かべる。

「ワディンガム侯爵様もありがとうございます」

「直接哀悼の意を伝えに」

　ハーヴィーの素っ気ない態度に伯母は驚いていたようだが、彼がお悔やみの言葉を話しているうちにこういう人なのだと理解したのか、顔が和らいだ。

「ガブリエラも来てくれたのね。まぁ……こんなに立派になって。天国の弟たちも鼻が高いわね」

「伯母様、伯父様のこと、残念です」

　ガブリエラも労りの言葉を告げると、伯母に座っているように促した。あまりにも顔色が悪くて心配になってくる。

「それで、伯母様、ジャレッドはまだ来ていないの？」

「それがね……」

ジャレッドの名前を出した途端、伯母の肩がしゅんと小さくなってしまった
話を聞くに、ジャレッドはハーヴィーに横槍を入れられた日から家にまともに帰ってきていないらしい。

たまに帰ってきては、家の中の金目のものを勝手に持って行って、それを換金してすべてギャンブルにつぎ込んでいるようだ。

伯父が急変して亡くなったのも、その心労が祟《たた》ったからだろうと伯母は涙した。

何度伯父がジャレッドを引き留めようとしても、彼は「金がないこの家が悪い。自分が増やしてやっているんだ」とのたまうばかり。

縋り付く伯父を強引に振り払い、また賭場に向かっていったのを見たのが最後。

その翌日、伯父は寝込みそのまま帰らぬ人になった。

「身勝手でいつも人様に迷惑ばかりかけて。レクシーにもそうよね。本当にごめんなさい。

……でも、父親の葬儀にも来ないなんて」

そこまでのろくでなしだと思いたくはなかったのだろう。

ワーと泣き崩れた伯母を、レクシーは隣で支え続けた。

(随分と身を持ち崩しているようね)

思っていた以上の素行の悪さに、思わず大きな溜息が出そうになる。

結局、棺桶が墓の下に埋められてもジャレッドは現れず、伯母は悲嘆にくれたまま伯父を見送ることになった。

「伯母様、大丈夫？」

葬儀が終わっても足元が覚束《おぼつか》ない伯母を放ってはおけなくて、レクシーは彼女を家に送り届けることにした。

ハーヴィーがそうした方がいいと言ってくれたのだ。

ついでに遺品の整理などお手伝いしましょうかと申し出ると、伯母は大変感謝をしてくれていた。

伯母もレクシーの両親が亡くなったあと、同じことをしてくれた。同じことを返しているだけだと言うと、伯母はさめざめと涙を流した。

家に着くと、伯母はまずはお茶にしましょうと言うので、レクシーもそれを手伝う。

久しぶりに入った伯母の家は、随分と寂しくなっていた。物が少なく、必要最低限のものしか置いていない。

決して困窮していたわけではない。

伯父は実家の手伝いをして少なくない稼ぎを得ていた。

家の中は調度品や美術品がそこかしこにあったのに、今は昔そこにかけられていたのだろう、日に焼けて残った絵画の痕しかなかった。

ジャレッドがいかに非道なことをしているか。

まざまざと見せつけられているようだ。

「……伯母様、ジャレッドのことなのだけれども、私、ハーヴィー様と結婚したでしょう？　それで、……その、お金の当てがなくなって自暴自棄になってしまったのではなくて？」

キッチンでお茶の用意をしながら、レクシーは小さな声で囁く。

「もともと、身の丈に合わないお金の使い方をしているのは知っていたけれど、ここまで酷くなったのは、私が……」

「そんな自分を責めないで、レクシー。あの子を止められなかった私たちが悪いの。気が付けばギャンブルにはまって抜け出せなくなって、もうどうしようもなかった」

だから、レクシーの結婚が引き金だったわけではない。

時間の問題だったのだろう。

伯母は情けなさそうな顔で「育て方を間違えてしまったのね」と言っていた。

「でも、ワディンガム侯爵様と仲睦まじいようでよかったわ。何かとレクシーのことを気にかけて、ずっと貴女を見つめていたのよ、彼」

「……ええ……その、大事にしていただいております」

照れ臭くてなかなか言葉が出てこなかった。

改めて他人からハーヴィーの熱烈ぶりを聞かされると恥ずかしい。

「ジャレッドを止められなかった私には言う資格はないけれど、貴女が幸せで嬉しいわ、レクシー。――本当におめでとう」

「ありがとうございます」

伯母は痩せこけた頬で微笑む。

彼女も彼女で苦労してきたのだろう。

育て方云々を責めるつもりもないし、レクシーもガブリエラの成長に際して最近悩んだばかりだ。

上手くいかないことに頭を抱える気持ちはよく分かっていた。

「大したものはないけれど、夫が愛用していた万年筆があってね。それをガブリエラによかったらぜひもらってほしくて」

お茶を啜りながら話をしていると、伯母は形見分けをしたいと申し出てきてくれた。

きっとジャレッドは金目にならないものはいらないと言うだろうからと、寂しそうに微笑みながら。

「ぜひ、いただきたいです」

ガブリエラは快く頷く。

伯母は嬉しそうに微笑んだ。

「レクシーにもあげられるものが何かあるかしらね。見てみましょうか」

気分が高揚したのか、伯母は楽しそうにしていた。

少しでも慰めになればいいのだけれど、レクシーもお礼を伝える。

「ハーヴィー様、伯母様と一緒に伯父の部屋に行ってきますので、待っていただいてもよろしいですか？」

「ああ、いってらっしゃい。私のことは気にしないでゆっくりとしておいで」

ガブリエラも一緒に伯父の部屋に行く。

そこは主に執務室として使っていたようで、本や書類、あとは伯父の趣味なのだろうかシダなどの観葉植物が置かれてあった。

伯母は執務机の抽斗《ひきだし》を開けて、中から万年筆を取り出す。

「あったわ。これよ」

手に取りガブリエラに差し出してきた万年筆を見つめながら、伯母は目を細める。

「あの人、仕事をするときはいつもこればかり使っていてね。実は、私の父……貴方のおじい様が結婚したときに贈ってくれたものなの」

「おじい様が……」

レクシーが生まれたときにはすでに故人だったので会ったことはないが、祖父との思い出も万年筆に込められていると思うと感慨深くなる。

「大切に使ってくれる人の手に渡ったら、夫もおじい様もきっと喜ぶわ」

「……ありがとうございます。大切に使います」

ガブリエラは万年筆を受け取り、深々と頭を下げた。

「それと、レクシーには……」

伯母がレクシーに渡せるものを探そうとしたところで、ガラッと何かが開く音がする。音がする方に視線を送ると、寝室へと続く内扉が開くのが見えた。

「ジャレッド！」

扉の向こうから現れた人物を見て、伯母が叫ぶ。

ジャレッドはレクシーたちが伯母の家に辿り着く前にこっそりと帰って、また金目ののがないか漁《あさ》っていたのだろう。

伯父の上等そうな服を手に持っていた。

レクシーは思わずガブリエラを抱きせて庇《かば》うような体勢を取る。ジャレッドを睨み付け、警戒をした。

「貴方、いつ帰ってきたの！　どうしてお父さんの葬儀に顔を出さなかったのよ！」

「……どうしてレクシーたちがここにいる」

伯母はジャレッドを泣きながら責め立てるも、彼は意にも介さない様子でレクシーたちを睨み付けてきた。

何をしにこの家に？　とでも言いたげな顔をしている。

久しぶりに見たジャレッドは、最後に見た頃から随分と様変わりしていた。

着ているものは変わらず奢侈《しゃし》なものだが、ずっとそればかりを着ているのかほつれが見えた。

顔も頬がこけて目の下に隈《くま》ができて落ち窪《くぼ》み、充血していた。顔色も悪く、およそ健康的な生活は送れていないだろうと一目で分かるほどだった。

近づくと酒と煙草《たばこ》の匂いが漂ってくる。

あまりの酷い有様に、レクシーは顔を顰めた。

「伯父様の葬儀の帰りに、遺品整理の手伝いに来たのよ。形見をくださると伯母様がおっしゃって、それで」

「形見だと？」

ジャレッドの顔が気色ばんだのが分かった。

今度は憤怒の形相で伯母を見下ろし、肩を鷲摑みながら怒鳴りつける。

「おい！　まだ金目のものがあったのかよ！　何で俺に渡さねぇんだ！」

いつもの慇懃な態度も崩れ、まるでごろつきのような口調で伯母を責め立てていた。

どうして金目のものを隠していたのかと。

「こいつらに渡すくらいなら、俺に渡せ！　俺の方が貰う権利あるだろうが！」

「馬鹿を言わないで！　父親の葬儀にも来ない親不孝者にあげるものなんて、これ以上あるわけがないでしょう！」

さすがの伯母も頭にきていたようで、声を張り上げて怒鳴り返した。

その様子を、レクシーはハラハラしながら見守っていたが、ガブリエラはどこか冷静に見つめている。

庇うように肩を抱いていた手をそっと外し、ガブリエラは一歩前に出る。

以前なら後ろに隠れて怯えていた彼は、今は毅然として立っていた。

「父親のものは俺が全部受け継ぐ！　あいつらにびた一文だってやるもんか！」

「どうせやっても全部金に換えてギャンブルに使うつもりでしょう！　形見をそんな使い方されたら、あの人だって浮かばれないわよ！」

これ以上ギャンブルなんかにつぎ込まれて堪るものかと、伯母は必死に抵抗していた。

もしかすると、葬儀にジャレッドが現れなかったことで、見切りをつけたのかもしれない。

「こんなコソコソと泥棒みたいに家に帰ってきて。どうせまた金目のものを探しに来たんでしょう」

「泥棒って……俺の家に帰ってきただけだろう。必要なものを取りに来ただけだ」

ジャレッドの言い分に伯母は呆れていた。

もう話しても無駄だとばかりに顔を逸《そ》らし、ジャレッドが何を言っても重い溜息を吐いて冷たい視線を送る。

今まで伯母はジャレッドに甘かったので、彼はある程度言葉を並び立てれば懐柔できると思っていたのだろう。

だが、もう伯母は腹を決めていた。

ジャレッドを見放すつもりだ。

だが、それを認められないのが、ジャレッドという人間。

伯母に言っても無駄だと分かったら、矛先をすぐにこちらに向けてきた。

「そもそもお前が結婚しないから！　だから、俺がこんなに苦労しているんだろう！　その上、父の財産も掻っ攫っていくのかよ！」

自分と結婚しなかったレクシーに責任転嫁して、すべてお前が悪いと責めてきた。

すべてジャレッドが自ら招いたことなのに、それを認められずに他人を責めることでその苛立ちを解消しようとしている。

なんて幼稚なのだろう。

ガブリエラよりも幼稚で、道理が分からぬ子どものようだ。

「お前のせいだ！　責任取れよ！　責任とって、ペンフォードの財産を寄越せ！」

「冗談でしょう?　自分で支離滅裂なことを言っていると分からないの?」

「うるさい!」

頭に血が上ったジャレッドがこちらに大股で近づいてくる。

そして、こちらに手を伸ばし、レクシーを摑まえようとした。

ところが、ジャレッドの手がこちらに到達する前に、ガブリエラがスッとその間に入る。

「ガブリエラ!」

ジャレッドの手首を摑み、鋭い目で睨み付けていた。

「姉上に触るな」

低く、威嚇するような声が聞こえてくる。

本当にガブリエラの声だろうかと疑ってしまうほどに低く、怒りが含まれた声だった。

「……何だ?　お前」

不快そうに眉を顰めたジャレッドは、ガブリエラを見下ろす。

身長の差があるふたりだが、それでもガブリエラはジャレッドの迫力に物怖《ものお》じせずに対峙していた。

「すべて貴方が招いたことだ。それを姉上のせいにして恥ずかしくないのですか」

「ガキが偉そうに言うな」

「そのガキに諭《さと》されるほど、貴方が幼稚だということです」

まるでジャレッドを挑発するかの物言いに、レクシーは青褪めた。

今のジャレッドは普通ではない。

おそらく酒に酔っているだろうし、頭に血が上っていてまともな判断ができていない。

そんな大人の男性に、たった十一歳の子どもが立ち向かうなど、無茶に思えた。

摑まれた手を無理矢理引き剝《は》がしたジャレッドもまた、子どもであるガブリエラが自分に歯向かったところで敵うわけがないと思っているのだろう。

居丈高にふんぞり返り、ガブリエラを見下ろす。

「フン！　あのハーヴィーとかいう男が後見人になったからと気が大きくなっているのか？　生意気な口をききやがって」

再びジャレッドが手を伸ばす。

今度はガブリエラに向かって。

「あの男はお前の教育を間違えたようだな。年上の者への敬い方を教えてやる！」

「ジャレッドやめて！」

彼はガブリエラの髪の毛を摑もうとしていたのだろう。レクシーのところからはそう見えて、叫び声をあげて身を乗り出す。

ところが、ガブリエラはジャレッドの手を横に薙《な》ぎ払《はら》った。力強く、いとも簡単に。

そして、近くにあった椅子を引き倒し、脚の部分を蹴り折ると、短い棒状になった脚を持ってジャレッドに突き付けた。

「申し訳ありませんが、貴方に教わることなど何もない。ハーヴィー様がすべて教えてくださっているのでね」

「……くっ」

折れて先が尖った椅子の脚は、まるで武器のよう。

ジャレッドは怯み、唸った。

「これ以上僕たちに変な言いがかりをつけて危害を加えようとするのであれば、僕が容赦しません」

「……お、お前に、そんなことできるはずがない」

どうせ脅しだろうとジャレッドは笑う。

だが、ガブリエラは冷静に言葉を返した。

「僕はこれまで戦う術を教わってきました。すべては姉上を守るためです。今まで守られてきた分、今度は僕が守る。貴方が手を上げるのであれば容赦はしない」

脅しではなく本気なのだとジャレッドに見せつけたガブリエラは、睨み付けながらにじり寄る。

ジャレッドもまたあとには引けないのだろう。

負けじと睨み付けてきた。

「もうやめなさい、ジャレッド！　ガブリエラにそこまで言われて情けないと思わないの？」

伯母はどうにか一触即発のふたりを宥めようと、ジャレッドの説得を試みる。

「うるさい！　俺がこんなガキに負けるわけないだろう！」

それでも引かないジャレッドは、自暴自棄になり声を上げて伯母を突き飛ばした。尻もちをついた伯母にレクシーは駆け寄る。

「僕だって負けません」

「上等だ！」

伯母を抱き上げると、今まさにジャレッドが拳を振り上げようとしていた。

「やめて！」

またガブリエラが怪我をしてしまう。

大人の男に殴られたら、今度こそただでは済まないだろう。

レクシーはサッと顔色をなくし、身体を硬直させる。助けに入ろうにも力が入らず、指ひとつ動かすことができなかった。

ところが、ジャレッドが振り下ろした拳は、あっさりガブリエラに避けられ空振りしてしまう。

サッと姿勢を低くしたガブリエラは、棒でジャレッドの膝の側面を叩く。

ガクンと膝を折ったジャレッドは、そのまま床に崩れた。

「うあっ！」

棒で叩かれた箇所を手で押さえながら痛みに悶絶するジャレッドを、ガブリエラは泰然と見下ろしている。

レクシーはその様子を唖然としながら見つめていた。

先ほど言っていた。

姉を守るために強くなったのだと。

今まで守ってもらっていた分、今度は自分が守るのだと。

その言葉を思い返して胸が熱くなった。

「……ちくしょう」

ジャレッドが顔を歪めながら、再び起き上がろうとしている。

それを見たレクシーがビクリと身体を慄《おのの》かせていると、不意に頭の上に影が差した。

何かと見上げれば、すぐ側にハーヴィーが立っていて。

彼は、一瞬浮いたジャレッドの肩を足で踏みつけて、床に縫い留めた。

「お前は負けたんだ。そこで大人しくしていろ」

その場にいるすべてを凍り付かせるような冷ややかな声が響き渡る。

さすがのレクシーも、ハーヴィーの凄みの利いた声にぞくりと背中を震わせた。

「……何だよ、今さらの登場か」

「ガブリエラとの約束だからな。まずは静観させてもらった。……だが、ここからは私の出番だ」

約束……とレクシーは以前ハーヴィーが言っていた言葉を思い返していた。

ガブリエラと交わした約束があるのだと。

それと何か関係があるのだろうか。

ちらりとガブリエラの方に視線を送ると、彼は力強く頷いていた。

「さて、どうしようもないお前にはしっかりと救済策を用意してある。随分と借金を重ねては荒《すさ》んだ生活をしていたようだからな、いずれは必要になるだろうと準備をしていたんだ」

「……な、何だよそれ」

「安心しろ。着実に金を稼いで借金を返しつつ、さらに親族誰にも迷惑をかけない方法だ。――もちろん、二度とレクシーには近づけないようにするためだが」

安心しろと言われても安心はできないだろう。

見るからにハーヴィーは容赦をするつもりが微塵《みじん》もないように見えた。

「お前にはワディンガム領のガリテに行ってもらう。そこでジャックという男の下で働くんだ。もちろん、お前が金を借りた連中には話を通してある。何も憂うことなく働け」

ガリテの商会を取り仕切っているジャックのもとで、ペンフォードの葡萄でつくったワインを輸出する業務に携わってもらう。

ワインを積んだ船に乗り、そこで下働きとして稼ぐ手筈を整えているのだと言う。

「海の上ではさすがに逃げられないだろう。賃金から借金返済分とこの家から持ち出して換金したものの弁償に当てれば、数年もすれば自由の身だ」

船の上では衣食住を保障してくれるので、生きていくことはできる。今まで迷惑かけた分、そこで償うといい。

ハーヴィーが冷ややかに言い放つと、ジャレッドは息を呑み慄いていた。

着実に金を稼ぎ、返済できるような場所を用意しているところはさすがとしか言いようがない。

いずれジャレッドが問題を起こすだろうと見越して、いつでも船に放り込めるように先手を打っていたのだ。

先日、ガリテに行ったときにはもうその算段をつけていたのかもしれない。

そして今回、ジャレッドの有様を見てその切り札を切ることに踏み切ったのだ。

「い、いやだ、そんなところに行くものか……！」

「ここにいても他人に迷惑をかけるだけなのは目に見えている。ならばいっそのこと環境を変えて自分を見つめ直してくるといい」

「冗談じゃない！　何で俺が！　……わ、分かった、レクシーだろう？　あいつに近づかないと約束すればそれでいいだろう？」

ジャレッドは悪足掻きを見せた。

どうにかこうにかハーヴィーを言いくるめて、船行きを止めたいと必死になっている。

「いいや、お前のような人間はそんな口約束は三歩歩けばすぐ忘れてしまう。楽な方に逃げて、自分の責任から逃れようとするからな。だからもう逃げられないようにしてやったんだ」

グリグリとジャレッドの肩を踏みつけるハーヴィーは、軽蔑の眼差《まなざ》しを彼に向けていた。

ハーヴィーからすれば、ジャレッドのような人間は虫唾《むしず》が走るのだろう。

誰よりも責任感の強い人だからこそ、我欲にすぐ負けて己の責任を放り出す人間を許せないのかもしれない。

「……か、母さんも俺がいなくなったら困るだろう？」

ところが、ジャレッドはなおも諦めなかった。

味方を増やそうと伯母に泣きつく。

しかし、ジャレッドの当てが外れ、伯母は険しい顔をしてそっと目を逸らした。

「行ってきなさい。貴方のためよ、ジャレッド。むしろ、そこまで用意してくださった侯爵様にお礼を言わなくては」

「母さん！」

「ありがとうございます、侯爵様。不肖の息子ではありますが、どうぞよろしくお願い致します」

伯母はハーヴィーに頭を下げて連れて行ってくれとお願いした。

まさか、今までジャレッドに強く言えずにいた伯母が、自分を突き放すとは思ってもいなかったのだろう。

ジャレッドは愕然《がくぜん》とした顔でその場で立ち尽くす。

「母親の許可も出たことだし、これで心置きなく行けるな」

ハーヴィーが彼の肩から足を退かせると、途端にジャレッドが立ち上がり後退《あとずさ》る。

「……船なんかに乗って堪るか……絶対に行かないからな！」

往生際の悪い台詞を吐き、逃げるように部屋を出ていった。

「あ！　ジャレッド！」

伯母が彼のあとを追う。

逃げ足が速いのか、ジャレッドを追う伯母の声はどんどん遠くなっていった。

そしてしまいには玄関が開く音が聞こえてきて、どうやら伯母は外にまで追いかけていったようだ。

「……逃げてしまいましたけれど、いいのですか？」

捕まえなくてもいいのかとハーヴィーに聞くと、彼はニコリと微笑む。

「問題ないよ。彼が泊っている宿には借金取りが貼り付いていて、捕獲次第ガリテに送ってもらえる手筈になっている」

その他にも賭場や馴染みの娼婦《しょうふ》、行きつけの食堂、それらすべてに手を回し、ジャレッドが現れたら連絡がきて、すぐにでも捕獲できるようにしているのだと説明してくれた。

「あれで逃げられたら大したものだけど、たぶん無理じゃないかな。借金取りたちもなかなかに頭に来ていたようだから」

ハーヴィーがこの話を持ち掛けてきたとき、返済もしないで逃げ回るジャレッドに業を煮やしていたようだ。

だから、ここぞとばかりに協力してくれたのだとか。

「お見事です。ハーヴィー様」

その話を聞いていたガブリエラは、目を輝かせながらハーヴィーを称賛していた。拍手までしている。

「私との約束、しっかりと果たしてくれたようだな」

「はい。そのために今まで頑張ってきましたから」

互いに頷き合うふたりを見ながら、レクシーはソワソワとしていた。

（まだその約束がどんなものか教えてもらえないのかしら）

ハーヴィーはガブリエラとの約束だからと内緒にしていたが、もうここまできたら聞いてもいいのではないだろうか。

どうやらレクシーにも関わることのようだしと、意を決してハーヴィーの袖を引っ張る。

「……あの、ハーヴィー様、私はまだその約束の話を聞いてはいけませんか？」

男同士の約束だと分かっているが、ひとりだけ仲間外れにされているように寂しかった。

すると、ハーヴィーが確かめるようにガブリエラに目を向け、彼は「いいですよ」と頷いた。

「ハーヴィー様が後見人になってくださって、最初にお話したときに聞かれたのです。『君は今後どんな人間になっていきたいか』と」

「それでガブリエラは、レクシーを守れるような人間になりたいと答えた。レクシーのことは今後私が守ると言ったのだが、自分も一緒に守りたいと」

先ほどもジャレッドに言っていた。レクシーを守れるようになるために頑張ってきたのだと。

その想いは、喧嘩に負けたときに芽生えたのではなく、もっと昔からのものだったのだと今知る。

ガブリエラは、ただ大人になりたいわけではなかった。

今までの恩に報いられるような大人になりたいと望んでいたのだ。

「だから、その約束が果たされるまで、ハーヴィー様は僕を認めないとおっしゃったのです。もし、約束を果たせたときは、ひとりの男として認めようと」

だから、懸命に知識を身に着けた。

貪欲なまでに勉強に熱心だったのは、楽しいからだけではなく、知識が武器になると知っていたからだ。

だが、喧嘩に負けたとき、それだけではダメなのだと痛感したのだと言う。

「ハーヴィー様はおっしゃいました。自分でそう思うのであれば、どこまでも研鑽《けんさん》を積めばいいと。協力は惜しまないし、それができる力の持ち主だと信じているとおっしゃってくださって」

そして、武術にも力を入れ始めた。

すべてはハーヴィーに認めてもらうため、すべてはレクシーを守るため。

――自分がなりたいと思う大人になるため。

理想を追うのは時に苦しく、そして簡単にはいかない。挫《くじ》けそうになる自分を叱咤するのも気力がいるし、楽な方に流された方が楽だと思うようになる。

でも、ガブリエラがそうしなかったのは、ハーヴィーが手を貸してくれたからだ。

彼が側にいて、発破をかけてくれたから、ガブリエラも腐ることなくここまで成長できた。

「……貴方は、際限のない幸せを私に運んでくださいますね、ハーヴィー様」

目頭が熱い。

鼻の頭がツンとして、熱の塊のようなものが喉の奥からせり上がってくる。

「君の幸せは私の幸せでもあるからね」

どうしてこの人はいつもそう言ってくれるのだろう。

レクシーよりもレクシーを信じ、そして力になってくれる。

きっとこちらが知らないところで力になってくれていることが、まだまだたくさんあるのだろう。

そしてそれを彼自らは言わないのだ。

無償の愛とはこういうものなのだろう。

ハーヴィーを見ているといつも思う。

あまりにも愛が大きすぎて、レクシーがどれほど愛を叫んでも彼の想いに並べるような気がしない。

愛する彼のために何かをしてあげたい、喜ぶようなことをしてあげたいと望むのに、ハーヴィーが完璧すぎてどう返していいか分からなくなりそうだ。

けれども、それで物怖じしたり引け目を感じたりしたくない。

与えられたら与えられた分以上の感謝をし、そして考えるのだ。

レクシーができる最大限のことを。

きっとガブリエラも似たような気持ちでいるのだろう。

ハーヴィーは、人として男として夫として、尊敬に値する人だ。

「そもそも、ガブリエラに見込みがなければ私もあんな約束はしない。彼が私に必ず成し遂げるとひたむきな姿で確信させてくれた」

「ありがとうございます！」

「――今日はよくレクシーを守ってくれた。君を信じてよかったよ」

ジャレッドと対峙したときも、ハーヴィーが横槍を入れなかったのは、あのときこそガブリエラが約束を果たせるのかを見極める機会だったのだろう。

ただ、むやみに手を貸すのではなく、ガブリエラを信じて見守る。

それこそが、ハーヴィーがレクシーに言い続けていたことだった。

そして、見事ガブリエラは彼の信頼に応えたのだ。

「――ハーヴィー……様……」

ガブリエラが目を見開き、声を震わせながら彼の名前を呟いた。

レクシーもまた、自分が見た光景に驚いて瞬きを忘れて魅入る。

――ハーヴィーが微笑んでいる。ガブリエラに向かって。

つまりは、彼がガブリエラを認めてくれた証拠に他ならない。

「……ありがとうございますっ」

再度告げられたお礼の言葉は、涙交じりだった。

ポロポロと目から涙を流し、ハーヴィーに認められたことを喜ぶガブリエラを、レクシーは抱き締めた。

「よかったわね、ガブリエラ。すべて貴方の努力の結果よ」

「いいえ、姉上が今まで僕を守ってくださったから、ハーヴィー様との結婚を決断してくださったからです」

結婚を決断したときも、今も。

一度もその選択に後悔はなかった。

それはすべて、ハーヴィーがそう思わせてくれているからだ。

彼の手を取ってよかったと、毎日毎日思えるほどに楽しくて愛おしい日々を送ることができているから。

「……これまで以上に頑張ります！　僕、頑張りますから……！」

「ええ、楽しみにしているわ」

ガブリエラの嬉《うれ》し涙は、なかなか止まらなかった。

今まで張りつめていた緊張の糸が切れたかのように、ハンカチでも拭き切れない量の涙で頬を濡らす。

レクシーも涙をそそられ、泣き始める。

「私が微笑んだだけでそんなに泣かれるとは思わなかったよ。ほら、おいでふたりとも」

ハーヴィーが手を広げて、レクシーとハーヴィーを抱き締めてくれた。


「あぁ、そんなに泣くと目が腫れてしまうよ、レクシー」

屋敷に着いてからもただひとり涙が止まらないレクシーの顔を、ハーヴィーが心配そうに覗き込んでくる。

伯母の家を出るときにはガブリエラはもう泣き止んでいたというのに、レクシーだけがなかなか収まらずに、屋敷に帰ってからもじんわりと涙が眦に滲んでいた。

「……も、申し訳ございません。いろいろあって、感情がぐちゃぐちゃになっていて」

「そうだね、たくさんあったからね。泣いている君も可愛らしくて好きだけど、目が腫れるのはあとで辛いだろうから、冷やしておこうか」

使用人に冷やすものを持ってくるように頼みながら、ハーヴィーはレクシーの肩を抱き締め部屋へと向かう。

ガブリエラは心配そうにしていたが、「妻を慰めるのは夫の役割だよ」と言って自分の部屋に帰って休むように促していた。

これ以上ガブリエラを心配させたくなかったレクシーは、助かったと胸を撫で下ろす。

寝室に着き、使用人から冷えたタオルを受け取ると、レクシーの目に押し当ててくれた。熱を持った目が冷やされて心地いい。

「ありがとうございます」

「私が君を泣かせたようなものだからね」

「……そういうつもりでは。凄く感動してしまって」

「ほら、私のせいでもあるだろう？」

ハーヴィーのせいと言うか、おかげと言うか。

だが、今日のことで一気に安堵して力が抜けてしまったのはたしかだ。

レクシーが思っていた以上に、ハーヴィーとガブリエラが信頼関係を築いていたことを知れて、嬉しかったのだ。

「ガブリエラのこと、本当にありがとうございます」

「何度お礼を言うんだい？　君の気持ちは十分伝わっているよ」

「ジャレッドの件も、ありがとうございます」

「あれは、私が目障りだと思っていたからね。自分のためでもあるかな」

たとえそうであったとしても、伝えたい。

「――私を、愛してくれて、ありがとうございます」

この奇跡を。

あの日ふたりが出会えた運命を。

心から感謝し、ハーヴィーに愛を捧げる。

「嬉しいことを言ってくれるね。凄いご褒美だ」

「ハーヴィー様は欲がなさすぎます。こんなことがご褒美だなんて……もっと欲張りになってください。もっともっと、私にしてほしいことを言ってください」

ハーヴィーが望むことと言えば、おねだりをしてほしいとか気持ちよさそうな顔を見せてほしいとかその程度のことだ。

本当にそんなことで彼が喜ぶから、それでもいいのかと思っていたが、もうレクシーの方が満足できなかった。

ハーヴィーのために何かをしたい。

彼が喜ぶようなことをしたい。

レクシーが感じた幸せと同等のものを感じてほしい。

「私、ハーヴィー様のせいで欲深くなってしまいました。貴方をもっと喜ばせたい。私だけができる方法で、幸せにしたいのです」

「本当、欲張りだね。私は君が側にいるだけで幸せだというのに、さらに求めるのかい？」

「ええ。ハーヴィー様を私でいっぱいにしたいです」

彼の首に手を回し、ギュッと抱き締める。

すると、ハーヴィーはレクシーをそのまま抱き上げてきた。

「じゃあ、今日はお言葉に甘えようかな」

「たくさん甘えてください」

ベッドの縁に腰を掛け、レクシーを自分の膝の上に横向きに乗せてきたハーヴィーは、頬擦りをしてさっそく甘えてくれた。

「レクシー、さっきみたいに積極的になってほしいな」

「抱き締める、みたいなことですか？」

「そうだね。私は何もしないから、レクシーから私を触ってほしい」

「……私が、ハーヴィー様を」

レクシー自身が動いて、ハーヴィーに触れる。

それは、淑女としてはしたない行為だと言われてきた行為だ。

男性に任せ、させるがままがいい。

そう教わってきたレクシーは、ボッと顔を真っ赤にして恥じらった。

けれども、ハーヴィーが望むのであればやってみたい。恥じらいなど二の次で、彼を喜ばせることができるのであれば、何だってやりたいと願うのだ。

熱くなった顔をどうにか冷まし、意を決してハーヴィーを仰ぐ。

「お任せください、ハーヴィー様」

やると決めたからにはやる。

思い切りがいいときは一直線だと自負しているレクシーは、まずはハーヴィーの美しい顔に手を伸ばした。

頬を撫で、くすぐったそうに目を細める彼と見つめ合う。

ハーヴィーはいつもどんな感じで触れてくれていただろうか。

毎晩与えられるぬくもりや快楽を思い出しては、その軌跡を辿《たど》るように真似てみせる。

彼は指の背でくすぐるように頬を撫でてくれていた。そこからレクシーの唇に触れて、下唇を指で弄ぶ。

これからキスをするのだと予感させるように。

腰を浮かし、ハーヴィーを跨《また》ぐような形になると、レクシーは彼の顔を間近で見つめた。

そして唇を指で弄り、ゆっくりと顔を近づける。

触れる瞬間に息を呑み、目を閉じた。

「……んっ」

緊張のあまり思わず声が漏れる。

ハーヴィーがしてくれるように、舌で口の中を舐ったり啜ったりするような濃厚な繋がりはできずに、軽く触れるだけで離してしまった。

「可愛らしいキスだね」

「……あまり慣れておらず、こんなことしか」

「たどたどしくも懸命にキスする姿がいじらしくて、見ているだけで満たされそう」

「……こ、これで満足されては困ります」

ハーヴィーは本当、変なところで無欲なのだから困る。

こちらだけが貪欲になっていくというのに。

もっともっと欲を引きずり出してやると、レクシーはハーヴィーの首筋に唇を寄せた。

肌を啄《ついば》み、ちゅう……と吸い付く。ハーヴィーがやってくれるように、口づけの痕をつけてみたいと思ったが、なかなかついてくれなかった。

独占欲の証のようでいつも嬉しく思っていた。だから、レクシーもつけたいと思っていたのだけれども……と肩を落とした。

「痛くないから、もっと強く吸ってごらん」

どうやら吸う力が足りなかったらしい。

もう一度試し、言われた通りに強く吸ってみた。

「できました……！」

ハーヴィーの首筋にできた赤い痕を見て、レクシーはパッと顔を明るくする。これで自分も独占欲の証を彼に刻むことができたと嬉しくなった。

「これでハーヴィー様が私のものだと証明できますね」

得意げになってフフンと笑う。

もちろん、ハーヴィーがレクシーのものであることには間違いないのだが、他の人に証として見せられるものは、妻という肩書しかない。

愛情を形にして見せられればいいのだけれど、それも難しい。

ハーヴィーがいつもレクシーに口づけの痕をつけたがる気持ちがとてもよく分かった。

「これ以外にもいくらでも証明できるけどね。でも、レクシーがつけてくれたこれには敵わないよ」

「そのうち消えてしまうのが寂しいですね」

「消える前に、またつけてほしいな。ここだけじゃなくて、私の身体どこにでも。もちろん、お返しに君の身体にもつけさせてもらうけど」

「……嬉しい」

チュッとお礼を伝えるように唇にキスをすると、ハーヴィーの目元がほんのりと染まっていくのが見えた。

高揚している。整った顔が、乱れを見せていっている。

レクシーはもっと乱れさせたくて、ハーヴィーの首に巻いていたクラヴァットを解き、シャツのボタンも外していった。

ジレのボタンも外さなくてはいけなくて、少々じれったい思いをしたが、ようやくハーヴィーの逞しい胸板が現れる。

いつ見ても美しく、均整の取れた筋肉が浮き出ている。

肌も滑らかで、シミひとつない鍛えられた完璧な肉体。

まるで、真っ白に染まった雪原に足を踏み入れるような気持ちで、ハーヴィーの胸板やお腹《なか》にも吸い付いた。

穢れがない肌に、レクシーの痕が咲いていく。

それを見下ろしたハーヴィーが、唇を軽く噛み締めて何かに耐えるような表情を見せていた。下半身もすでに硬く勃ち上がっていて苦しそうだ。

ハーヴィーの痴態にゾクリと腰が震えた。

「……こちら……もう苦しそうですね」

「レクシーが私を興奮させるから。痛いくらいだよ」

掠れた声で答えるハーヴィーを見て、下腹部がきゅんと切なく啼いた。

痛いくらいに張り詰めているのであれば、と手をそこに向けて動かす。

触れると硬くて、熱くて。トラウザーズの上から愛でるように撫でた。

「……前を寛げても、よろしいですか？」

「……いいよ」

ハーヴィーが、熱い吐息を吐く。

許しを得たレクシーはトラウザーズのボタンを外し、中の下着を下にずらした。

中から熱杭を取り出すと、勢いよくそれが出る。

「……凄いです」

無意識に呟いていた。

幾度も自分の中に挿入ってきたものだが、直接触れたことも、こんな間近で見たこともない。

ずしりと重く、血管が浮き出るほどにいきり立つそれ。

ハーヴィーが気持ちよくなるためには、屹立を扱いてやる必要があると、レクシーはもう知っている。

「レクシー？」

「ちゃんとできるかは分かりませんが、気持ちよくなってくださいね」

屹立に指を回す。

指同士がくっつかないほどに太いそれは、レクシーが動かすとビクビクと震える。

ハーヴィーも眉根を寄せて息を詰め、気持ちよさそうな顔をしていた。

「気持ちいいですか？」

「……とても。レクシーの可愛らしい手が愛でてくれていると思うと……堪らない」

嬉しい。

積極的に動くことに躊躇いを持っていたが、勇気を振り絞ってよかったと思えた。

上下に大きく動かしていくと、また屹立が大きくなる。穂先からも先走りが滲み出て、鈴口がヒクヒクと痙攣していた。

「私も気持ちよくしてあげる」

ハーヴィーはレクシーの腰を抱いて少し浮かし、スカートを捲り上げる。

お尻の丸みを楽しむように撫で上げ、腰に手を添えると、下着の中に指を挿し入れてそのまま下にずらした。

「今日は私が気持ちよくさせたいのに……」

「でも、私も我慢ができないよ。だから、一緒に気持ちよくなろう？」

後ろから秘所に指を挿入れられ、レクシーは背中を反らす。

「……んっ」

秘裂に沿うように指二本を押し当て、上下に擦ってきた。ぐちゅぐちゅと秘所から漏れ出た蜜を掻《か》き乱す。

「レクシーも続けて」

ハーヴィーに触られたことによって、いっとき手が止まってしまっていたが、彼の言葉に促されて再び動かし始める。

けれども、すでにどこが弱いか知られているレクシーにはこの状況は不利だった。

ハーヴィーの指が、確実に感じる箇所を捕らえて攻めてくる。

そのたびに、レクシーは感じて屹立を扱く手を止めてしまい、上手くハーヴィーを高みに導くことができなかった。

彼の指が肉芽を弾《はじ》き、指の腹で擦りつける。

「……ひぁっ……あぁン……ンあぁっ」

強烈な快楽で腰が砕けてしまいそう。

ハーヴィーの腕が腰を支えてくれていなければ、きっと体勢を崩してしまっていただろう。

レクシーは首を横に振り、ハーヴィーに懇願する。

「……お願い……そこ、弄られたら……手を、動かせな……ひぃンっ」

もう少し手加減してほしいと縋ると、ハーヴィーは肉芽をキュッと摘まんだ。それだけで達してしまいそうなほどに感じてしまったが、どうにか耐える。

だが、レクシーの願いを叶えてくれたのか、ハーヴィーは肉芽を弄るのをやめて、蜜口に指を差し込んだ。

感じないのかと問われれば決してそうではないのだが、肉芽を弄られるよりはマシだとそう思っていた。

ところが、違うのだとハーヴィーの指によって思い知らされる。

「……あぁン……あっ……ま、って……ひぁンあぁ……だめぇ……あぁっ」

指がグリグリと膣壁を強く擦ってきた。

そこはレクシーが感じやすい箇所で、今まで何度もそこを虐《いじ》められては絶頂に導かれている。

子宮がきゅんきゅんと啼いて、媚肉が震えて。

肉芽を弄られなくとも、屹立を握る手は震えて上手くことを成せない。

指先でどうにかこうにか穂先を擦ることしかできず、こちらがハーヴィーを翻弄するつもりが逆に翻弄され続けた。

指を根元まで咥えこんだ膣は、指をきつく締め上げて蜜を滴らせる。

淫靡な音をさらに奏でるように、指が滑らかに動くようにと。

このままではレクシーだけが絶頂してしまう。

「……このままでは私、先に……一緒に気持ちよくなると、おっしゃったのに……我慢ができなくて……あぁっ」

感じやすくなってしまった身体が恨めしい。

こんなに気持ちよくさせてしまうハーヴィーが、妬ましい。

「なら、指ではなく、こちらで……ね？」

ハーヴィーはレクシーの頬に口づけると、後ろに上体を倒した。

ベッドの上に寝転がるような形をとった彼は、レクシーの腰を掴んで自分の屹立の上に乗せた。

とっさに手を彼の腹の上に置いたレクシーは、秘裂が竿《さお》の部分に触れていることに気付く。

「……あっ」

蜜が屹立を濡らしている。少しでも身体を動かせば、擦り合う音が聞こえてきそうな気がして動けなかった。

「ふたりでこうやって擦り合えば、一緒に気持ちよくなれる」

そう言いながら、ハーヴィーはレクシーの腰を手で動かして、こうやってするのだとやってみせた。

やはり、レクシーが想像した通り、動くたびにぬち、ぬち、と卑猥な音が聞こえてくる。

「やってみて」

ハーヴィーの優しい声が誘う。

ゆらゆらと腰を動かし、性器同士を擦り合わせた。

「……ふぅ……うぅン……シんっ……あン」

まだ中に挿入っていないのに、ただ擦り合わせているだけなのに、気持ちよくて腰が砕けてしまいそう。

竿が肉芽も蜜口も擦り、ぞくぞくと快楽が背中を駆け上がる。

レクシーの息が荒さに呼応して、ハーヴィーも同じように息を荒げていく。

カリの部分が肉芽に引っ掛かると、特に気持ちがいいと分かったレクシーは懸命に腰を動かす。

もう止まらなかった。

ハーヴィーの屹立が熱くて、硬くて、レクシーをどこまでも気持ちよくしてくれて。

「……もう……達してしまいそう……」

「……私も……これで一緒に……」

ビクビクビクと屹立が震えて、レクシーの肉芽をゴリッと強く擦って。

ふたり同時に絶頂を迎える。

レクシーの腰が震えて背中が波打ち、ハーヴィーの屹立から白濁の液が勢いよく飛び出した。

彼の腹が白く穢れて、屹立も蜜塗《まみ》れになる。

ふたりの体液に塗れたハーヴィーは、身体中を紅潮させて、潤んだ目でこちらを見上げていて。

魂が吸い取られてしまうと思ってしまうくらいに妖艶だった。

「――今度は私の番だね」

レクシーは絶頂の余韻でくたりと上体を倒しハーヴィーに凭《もた》れかかっていたが、抱き合ったまま彼が起き上がった。

腰を持ち上げられ、秘所に穂先を押し当てる。

蜜口が屹立を呑み込み、ズズズ……と奥へと潜り込んでいった。

下から貫かれるような形になったレクシーは、力が入らない身体をハーヴィーに預けたまま小さく喘ぐ。

ハーヴィーの屹立は先ほど吐精したばかりなのに、もう硬くなってしまっている。こんなに早く回復するなんてと驚きながら、レクシーはその逞しさを感じていた。

「……はぁ……ンぁ……あっあっあぁう……あぁ！」

ずんずんと下から突き上げられ、最奥を何度も抉られ。

レクシーはまた快楽をこの身に宿し始める。

揺さぶられて、膣の中をぐちゃぐちゃにかき回されて、レクシーの膣壁はもっともっとと媚びるように蠢いた。

きつく締め付け吸い付いて、また一緒に高みに昇りたいと希う。

突かれるたびに目の前が明滅し、頭の中が真っ白になった。

もう何も考えられない。

ハーヴィーを愛しているということ以外、何も。

逞しい身体に縋りついて啼いて、もっと深く繋がりたいと彼を仰ぎ見た。

「……キス、……キス……してほしい……」

「いいよ。舌を出して」

強請《ねだ》るように彼の首に抱き着き、舌を差し出す。

ハーヴィーも舌を出し、レクシーの舌を絡め取った。

舌を啜り、口内へと潜り込む。

「……ふぅ……んん……ふぅ……ぅン」

気持ちよすぎてどうにかなってしまいそう。

上も下もハーヴィーでいっぱいになって、多幸感に包まれる。

「……ンん……レクシー……レクシー……」

「……ハーヴィー様……すき……はぁ……っ……ンぁ……すきぃ……」

夢中になって互いの唇を貪った。

もどかしいと思ったのか、ハーヴィーはレクシーをベッドに押し倒して場所を入れ替える。

両手首を摑んでベッドに縫い留めると、腰を強く打ち付けてきた。

口づけはなおも続き、力強く攻め立てられる。

興奮していつもよりも粗野なハーヴィーに、胸がときめいてしまう。

まるでお姫様のようにレクシーに触れる。優しく丁寧に、そして甘く。

でも、今は荒々しくて、ハーヴィーの美しい顔からは想像つかないほどの雄を感じてしまう。

押さえ付けられることに快楽を覚える。

遠慮も何もなく欲のままに逞しい肉棒を叩きつけられることにも興奮し、また彼に新たな快楽を教え込まれているような気分になった。

「……すきだよ、レクシー……はぁ……っ愛してる……」

「……あぁ……ひぁっ……あっあっ……あぁ——！」

腰の動きが速くなり、レクシーは抗えない波に追い上げられる。

きゅう……と媚肉が屹立を締め付け、中でハーヴィーの存在を一等強く感じると、一気に快楽を弾けさせた。

全身に悦楽が駆け巡り、恍惚とする。

ハーヴィーの精が胎の中を穢し、レクシーが彼のものである証をまた新たに刻み込んだ。

脈打つ屹立がようやく動きを止めたころ、ハーヴィーはそれを引き抜く。

「レクシー……」

余韻を共有するかのように口づけをして、ねっとりと口内を犯した。

「君は私に、際限なく幸せをくれると言ったけれど、それは私の台詞だよ。――レクシー、君が側にいてくれるだけで、私はどこまでも幸せになれる」

その言葉に偽りがないことは、その顔を見れば分かることだ。

ハーヴィーは、いつもこんな顔でレクシーを見つめてくる。

そばにいる時間、すべてが愛おしく、幸せなのだと訴えるように。

「私が無欲なのではなくて、君が私を幸せにする力が凄いんだよ」

蕩けた目で見つめるハーヴィーは、極上の笑みを見せる。

レクシーだけにしか見せない、眩《まばゆ》い笑み。

それこそが、ハーヴィーがレクシーのものだと皆に知らしめることができる、最大の証だと思った。

◇◇◇

「無事にガリテについてよかったです」

「最初は随分と暴れたようだけれど、今は観念して大人しくしているみたいだよ」

ハーヴィーは手紙を読みながら、満足そうに微笑んだ。

その手紙はジャックからの報せで、そこにはジャレッドが捕まり、ガリテに送られたここと、しっかりと働いているという報告が綴られていた。

伯父の葬儀の日。

ハーヴィーに慄き逃げていったジャレッドは、その日の夕方に宿に戻ってきたところで捕まったようだ。

捕らえたこと自体、事前に知らされていたので、先に伯母に知らせてある。

伯母は寂しそうな顔をしながら、綺麗な身になって帰ってくるのをいつまでも待っていると言っていた。

レクシーもジャレッドが伯母の想いに応えられるように願っている。

散々迷惑をかけられたが、償いを済ませることができれば罪は浄化できるものだ。

「ジャックが、今度ペンフォードの葡萄がどのように作られているのか直接見てみたいそうだよ」

「まぁ！　それはいいですね！　ぜひ見てもらいましょう！」

レクシーは手を合わせて喜んだ。

ワインを売るとき何かの手助けになれば、ぜひ見てほしい。それに、領地の皆も積極的に葡萄を使って売り出してくれる人に直接お礼を言いたいだろう。

これを機に、さらにふたつの領地の繋がりを強くできればいいなと期待を持った。

「そのときは、私にペンフォードを案内させてください」

「私たちも行くのかい？」

「もちろんです！　今度はガブリエラも一緒に行けたらいいなと思いまして」

「そうだね。ガブリエラにも将来自分が治める領地がこれからどう変わっていくか、見てもらいたいしね。そうしようか」

新婚旅行もよかったけれど、三人での旅行も楽しみだ。

「ふたりでもまた旅行に行きましょうね。今度は、ふたりとも行ったことがない場所がいいです」

「君と一緒ならどこへでも。冒険みたいでワクワクしてしまうね」

ハーヴィーがレクシーの頬にキスをしてくる。

フフフと微笑んでそれを受けたレクシーは、未来に想いを馳せた。

一年後、二年後、十年後。

自分たちはどうなっているのだろう。

まったく想像もつかないけれど、これだけは分かる。

――絶対に幸せな未来になっている。

ハーヴィーと一緒なら、どこにいても何をしていても幸せだろうから。

「私も楽しみです」

政略結婚したはずの夫は、レクシーを大好き過ぎる人だった。

けれども今は、レクシーもハーヴィーのことが大好きで堪らない。
どこまでも、いつまでも。
ふたりの愛は際限なく高まっていくのだ。

終章

「いや～！　行かないで！」

「私たちと一緒にいようよぉ！」

部屋の中に子どもの泣き声が木霊《こだま》する。

小さい身体から出ているとは思えないほどの大きな泣き声は、二重奏になって大人たちの耳をつんざいた。

「あらあら、最後までこの調子ね」

「これは父親として妬くべきなのかな？　それとも微笑ましいと思うべきなのかな？」

「今日のところは後者にしておきましょう？」

「うーん……でも、なかなかに複雑だね」

レクシーとハーヴィーは隣に並びながら、目の前で繰り広げられている光景に苦笑する。

自分たちの娘ふたりが、ガブリエラの脚に縋りついて泣き喚いていた。

「……参ったなぁ」

縋り付かれている本人は困った顔をしながらも、引き剝がすこともできずにこちらに助けの目を向ける。

ハーヴィーと目を合わせたレクシーは、仕方がないと頷いて、娘たちをガブリエラから引き剝がした。

「シエンナ、ガブリエラが困っているでしょう？　それに昨日お母様と笑顔で見送ると約束したじゃない」

「そうだよ。ジョセリンも一緒に約束しただろう？　ふたりとも、お父様はこれからもずっと側にいるから、それで我慢しておくれ」

レクシーはシエンナを、ハーヴィーはジョセリンを抱き上げながら慰める。

年子の姉妹であるふたりは、まだ四歳と三歳。

約束をして分かったつもりでいても、いざそのときになってみると寂しさに負けてしまうのだろう。

「ふたりにそんなに泣かれてしまったら、なかなか出立できないよ」

ガブリエラも別れを悲しむ姉妹の涙に、後ろ髪を引かれているようだった。

十六歳になったガブリエラは、先日正式にペンフォード伯爵位を授かった。

ハーヴィーが後見人になりたての頃に約束した通り彼は研鑽を積み、レクシーが想像した以上に立派な大人になった。

教養もあり、剣の腕も立つ。伊達《だて》な顔と逞しい身体は女性たちを虜にしては、社交界デビュー前から話題の人になっていた。

――薔薇の騎士。

彼はそんな二つ名で呼ばれている。

言わずもがな、薔薇はハーヴィーを指し示している。彼を守る騎士のようだという意味で名付けられたものだったのだ。――最初は。

ところがここ数年、彼らの二つ名の意味が違ってきている。

『永久凍土の薔薇』と呼ばれていたハーヴィーは、実は『薔薇』はレクシーであり、彼女を守るために絶対零度の冷たさで周りを凍り付かせているのではないかと言われるようになった。

同じく、ガブリエラが守っているのはハーヴィーではなく、レクシーなのではないかと。

ふたりにとっての薔薇がレクシーであり、彼女を守るために結託した最強のコンビなのだとまことしやかに囁かれていた。

それもこれも、相も変わらずハーヴィーはレクシーに近寄ろうとする輩を威嚇するし、ガブリエラもレクシーやハーヴィーを悪く言う人間を片っ端から黙らせてきたせいだ。

おかげで、社交界ではレクシーの方が恐れられる存在になっていた。

こんな感じで爵位を受け継ぐ前から話題に事欠かないガブリエラは、正式にワディンガム邸を出て、ペンフォード領に居住を移す。

そこで領主として手腕を発揮し、領地をさらに善き道へと導く使命が待っていた。

ところが、姪っ子ふたりがそれを引き留める。

ガブリエラ叔父さんが大好きな姉妹は、屋敷から彼がいなくなることが悲しくて仕方がないらしい。

出立しようとする彼を引き留めようと必死だった。

「また遊びに来るし、君たちも遊びにおいで」

涙ぐむふたりを宥めるように、ガブリエラは彼女たちの鼻をツンと指ではじいた。

「……遊びにきてくれるの？　本当？」

「絶対よ？　約束なんだから！」

ふたりは何度もガブリエラに確認していた。

「大丈夫、今生の別れではないから。次に会える日を楽しみに、今は笑顔で別れなさい」

「……お父様」

笑顔で、と言われて、ふたりは懸命に笑顔を作る。

泣きっ面の笑顔だがとても愛らしく、別れには相応しい笑顔だった。

「会いたいと強く思う相手には、必ず再び相まみえるものだよ」

私たちのようにね。

ハーヴィーはこちらを見て、ウインクをしてくる。

レクシーもまた、強く頷いた。

「叔父様、お手紙書きますね」

「私も書きます。ペンフォードのお話も聞かせてくださいませ」

姉妹は代わる代わるガブリエラに抱き着き、最後の別れを口にする。

「もちろん、手紙を書くよ。いつでも君たちのことを思っているから」

ガブリエラも眦に涙を浮かべながら、別れの挨拶をした。

「ペンフォードのこと、よろしくね。それと、働き過ぎないように適度に休むのよ。貴方、頑張り過ぎるところがあるから。それに、何かあったらいつでも頼ってね。私もハーヴィー様も力になるわ。それと……」

「姉上、分かっていますよ。姉上が心配しなくてもいいくらいに、適度に頑張ります。……姉上もお元気で」

ガブリエラが大人になっても、心配する姉心は変わりない。

いつでも頼ってほしいと、彼の無事を願い抱き締めた。

ハーヴィーはただガブリエラと軽くハグをする。

これ以上の言葉はいらないということなのだろう。

「それでは、行ってきます！」

あの日、ワディンガム邸にやってきた日。

十一歳だった男の子は、立派な大人になり巣立っていく。

レクシーは、いつかこの日がくることを夢見ていた。

この光景をこの目で見る瞬間が来るようにと願っていた。

——でも、やはり別れは寂しくて。

ガブリエラを乗せた馬車が見えなくなった途端に、涙が溢れてきた。

「よく我慢したね」

娘たちの手前、そしてガブリエラの手前、溢れ出そうな涙を必死に堪えていたが、もう限界のようだ。

ポロポロと涙を零すレクシーの頭を抱き寄せたハーヴィーは、優しい言葉で慰めてくれた。

娘たちを使用人に任せた彼は、レクシーを抱き上げて横抱きにする。

「たくさん泣いていいよ。私がずっと側にいるからね」

「……ありがとうございます」

ハーヴィーの腕の中でハンカチで涙を拭い、笑顔を作る。

「大好きです、ハーヴィー様」

今頭の中に浮かんだ感情を口にする。

十五年前のあの日から見守ってくれていた貴方が大好き。
素直でいさせてくれる貴方が大好き。
私だけではなくガブリエラの幸せも考えてくれる優しい貴方が大好き。
いつも無上の愛をくれる貴方が大好き。
私の愛を受け止めてくれる貴方が大好き。
大好きな気持ちが重なり、レクシーの人生を彩る。
「私も大好きだよ、レクシー」
ふたりの未来を美しく彩っていく。

あとがき

はじめましての方もそうでない方も、こんにちは、ちろりんです。

このたび、ヴァニラ文庫様より三冊目のお話を出させていただきました。いかがでしたでしょうか？

ハーヴィーは、以前から私がヒロインの前だけで全力でデレるヒーローを書きたいと思って生まれたヒーローです。加えて、ヒロインが唖然とした顔をしていても、「あっ、その顔も可愛いね。もっと見せて」と言ってしまうほどのマイペースさも書きたかった。

このお話、思った以上にするすると書けてしまったんですよね。私至上最速で書き上げたと思います。

そんなお話に素敵なイラストを描いてくださったことね壱花先生、本当にありがとうございます！

ハーヴィーが本当に美男子で、つ、冷たくされたい……！　と思ってしまいました。レクシーも可愛らしくてちょっと気弱な感じが、庇護欲をそそられましてっ！

ちょうだいしたキャララフを見ては、ニマニマしておりました。

担当編集者様、出版者様、いつもありがとうございます！

さて、２０２２年ももうすぐ終わりますが、どんな年でしたか？

私はぎっくり腰で始まった年でした。そこから、適度な運動は必要なのだと学び、「筋肉は天然のコルセット」を合言葉に、何かと動こうと頑張ってきた年でもありました。ゲームでボクシングをしてみたり、動画を見ながらティラピスや筋トレなどをしてみましたが、最終的に落ち着いたのはエアロバイクです。

私、何かをしながら他のことをするというのが性に合っているようで、本を読みながらペダルを漕いでいます。すると、頭に文章が入りやすいんですね。運動しながら暗記物をするといいというのは本当なんだ！　と感動しております。

２０２３年は九星気学によると何やら運気が爆発する年のようなので、それにあやかりながらまた執筆できればいいなと思っております。

それでは、またどこかでお会いできますように。

ありったけの感謝を込めて。

ちろりん

原稿大募集

ヴァニラ文庫では乙女のための官能ロマンス小説を募集しております。
優秀な作品は当社より文庫として刊行いたします。
また、将来性のある方には編集者が担当につき、個別に指導いたします。

◆募集作品

男女の性描写のあるオリジナルロマンス小説（二次創作は不可）。
商業未発表であれば、同人誌・Web 上で発表済みの作品でも応募可能です。

◆応募資格

年齢性別プロアマ問いません。

◆応募要項

・パソコンもしくはワープロ機器を使用した原稿に限ります。
・原稿は A4 判の用紙を横にして、縦書きで 40 字 ×34 行で 110 枚 ~130 枚。
・用紙の 1 枚目に以下の項目を記入してください。
①作品名（ふりがな）/②作家名（ふりがな）/③本名（ふりがな）/
④年齢職業 /⑤連絡先（郵便番号・住所・電話番号）/⑥メールアドレス /
⑦略歴（他紙応募歴等）/⑧サイト URL（なければ省略）
・用紙の 2 枚目に 800 字程度のあらすじを付けてください。
・プリントアウトした作品原稿には必ず通し番号を入れ、右上をクリップなどで綴じてください。

注意事項

・お送りいただいた原稿は返却いたしません。あらかじめご了承ください。
・応募方法は必ず印刷されたものをお送りください。CD-R などのデータのみの応募はお断りいたします。
・採用された方のみ担当者よりご連絡いたします。選考経過・審査結果についてのお問い合わせには応じられませんのでご了承ください。

◆応募先

〒100-0004　東京都千代田区大手町 1-5-1　大手町ファーストスクエアイーストタワー
株式会社ハーパーコリンズ・ジャパン　「ヴァニラ文庫作品募集」係

“氷の侯爵”と政略結婚したはずなのに、旦那様の愛が熱過ぎます！

Vanilla文庫

2023年1月5日　第1刷発行　定価はカバーに表示してあります

著　者　ちろりん　
装　画　ことね壱花
発行人　鈴木幸辰
発行所　株式会社ハーパーコリンズ・ジャパン
東京都千代田区大手町1-5-1
電話　03-6269-2883（営業）
0570-008091（読者サービス係）

印刷・製本　中央精版印刷株式会社

Printed in Japan ISBN978-4-596-75972-6